Diogenes Taschenbuch 21403

Urs Widmer

Die gestohlene Schöpfung

Ein Märchen

Diogenes

Die Erstausgabe erschien 1984 im Diogenes Verlag
Umschlag: Fernando Botero
›Kolumbianerin,
Apfel essend‹ 1982

Veröffentlicht als Diogenes Taschenbuch, 1986

60/86/8/1
ISBN 3 257 21403 0

1

Bei uns zu Hause wurde nicht von Geld gesprochen, nie. Oft saßen wir zu viert (meine Schwester und ich halfen uns durch Blicke, das tägliche Vermeiden des Themas auszuhalten, das das einzige gemeinsame Interesse unsrer Eltern war) mit *einer* Wurst und hörten dazu meine Mutter sagen, in Schlesien, da wo sie herkam, würden alle Leute steinalt, weil sie ausschließlich Grünkohl äßen. Der Vater meiner Mutter war einmal ein paar Jahre lang reich gewesen (er hatte an einer Erfindung mitgewirkt, einem nichtflüssigen Treibstoff), aber irgendwann einmal war dieser Reichtum wieder zerronnen. Ein Mythos seither. Meine Mutter (die jetzt in Bad Vilbel wohnt, weil ihr die Miete des Hauses in Frankfurt, eines baumumwachsenen Westendparadieses, zu hoch geworden war) geht dennoch zum Supermarkt, als habe ihr Chauffeur gerade seinen freien Tag. Ringe überall; Ketten. Sie hat, wenn sie ihr Haus verläßt, jenen Charme der Wohlhabenden, denen nichts Menschliches fremd ist; beugt sich, obwohl sie klein wie ein Knubbel ist, zu den Nachbarinnen hinunter und hört sich deren Probleme mit der Wäsche an: als wüsche sie nie. Zuweilen allerdings erzählte sie Witze, in denen der Geiz gelobt wurde;

Gutsherren verweigerten Bettlern mit einem Bonmot ein Essen. Einmal im Jahr löste die Steuererklärung, obwohl sie immer leichter auszufüllen war, leidenschaftliche Ausbrüche aus. Die Mutter schluchzend und haareraufend, der Vater türenschlagend.

Mein Vater war in seiner Kindheit wirklich arm gewesen (Gebete um Speise hatten ihn genährt) und hatte nach seiner Hochzeit den Rest des schwiegerväterlichen Erbes so entschlossen ausgegeben, daß ihn die Begeisterung darüber weitertrug bis in seine alten Tage; er gab weiterhin Geld aus als sei welches da. Geld wurde für ihn ein noch verboteneres Wort als für meine Mutter; wie in andern Häusern der Name des Gottseibeiuns. Zu seinen Lebzeiten wurde nie geklärt (niemand auch versuchte es), woher die immer neuen Lutherbriefe und Faksimiles von Schriftrollen stammten; mein Vater war ein leidenschaftlicher Bibelsammler; als er tot war, bemerkte ich, daß drei Schubladen seines Schreibtisches verschlossen waren und ohne Schlüssel. Ich holte ein Brecheisen und einen Hammer und erwartete, Fotos von Frauen zu finden, oder eine Neufassung des Alten Testaments. Aber alle Schubladen waren randvoll mit ungeöffneten Briefumschlägen, die unbezahlte Rechnungen enthielten. Wir bezahlten die Rechnungen dann irgendwie. – Wie zu meinem Trost fand ich ganz unten in der dritten Schublade das Foto einer Frau, ihre gespreizten Beine, von ganz nahe; gerade der Bauchnabel war noch zu sehen. Mich irritierte, daß es ein Amateurfoto war (eine Vergrößerung, gerahmt und unter Glas) und kein aus irgendeiner Zeitschrift herausgerissenes. Wer mochte die Frau sein?

Mein Vater hatte sich gewünscht, mich einen Prediger werden zu sehen; einen, der den Dämonen der Lüge mit dem Schwert der Wahrheit zu Leibe rückte; meiner Mutter wäre ein Advokat lieber gewesen. Wie um mich abzugrenzen von dieser Ehe, deren Kitt ich war, sprach ich schon als Kind, kaum war ich ohne meine Eltern, fast ausschließlich von Geld. Es war ein herrliches Gefühl, wie ein Großer die Münzen für ein Eis bar auf den Tisch legen zu können. Später genoß ich es, in einem stillen Geschäft (Kunden wie Galeriebesucher) ein Seidenhemd auszusuchen und an der Kasse dann eine horrende Summe beiläufig hinzulegen. Ich schwamm nicht im Geld, oder bald doch, denn schließlich rissen mich die unberechenbaren Geldströme mit wie einen Kahn, der unversehens in die sieben Katarakte des Nil geraten war. Natürlich ging ich unter. Heute habe ich nicht einmal mehr ein Büro. Das, das ich bis gerade eben noch hatte, war in einer stillen Westendstraße, der Kleinen Wiesenau, einem nach Sigmund Freud benannten Haus voller Psychologen gegenüber, dessen Außenwände wie ein Badezimmer gekachelt waren. Drei Zimmer, ein winziger Balkon. Nachts war das Büro meine Wohnung. Drei Mal in der Woche kam eine junge träge Frau, die meine Schreibarbeiten erledigen sollte, sich aber oft nach dem Betreten der Wohnung auf dem Bett hinlagerte und dort blieb bis zum Feierabend. Mit ihr, die keinerlei Initiative zu haben schien, war alles auf ihre Initiative hin passiert. An einem klebrigheißen Nachmittag waren wir auf einmal ineinander verschlungen gewesen; ich weiß nicht mehr, wie es dazu gekommen ist. Sie entwickelte jedenfalls dies eine Mal ein Temperament, das Kleider und Leintücher zerfetzte. Später war alles ruhiger. Heute glaube ich, daß sie einfach lieber auf dem Rücken ruhte als tippte; und daß ich mit ihr lag, nahm sie in Kauf als eine Konzession ans Berufsleben. Wenn ich mich dann anzog, gleichzeitig entnervt und erhoben, blieb sie einfach liegen, breit und mit Brüsten, wie sie die Amerikanerinnen zur Zeit des Koreakriegs hatten, paffte Zigaretten und schaute zur Decke hinauf. Ich las Börsenberichte oder telefonierte. Erst kurz vor sechs kam Leben in sie (so etwas wie Leben), sie stand plötzlich auf, zog sich an und verschwand, ohne ein Adieu gemurmelt zu haben. Ich setzte mich dann an die Maschine und tippte, was zu tippen war; der Preis der Leidenschaft.

Mein eigentlicher Arbeitsplatz war die Börse. Ich ging gern hin, wenn ich davon absehe, daß sie mich, von außen, an meine Schule erinnerte. Imponierrenaissance. Innen war alles zwanzigstes Jahrhundert. Ich stand zwischen den vielen, die Millionen mit einem einzigen Gebell in ihre Telefone verschoben, und kaufte oder verkaufte Papiere. Verwaltete und vermehrte Vermögen, möglichst viele natürlich; aber ich hatte nie mehr als das Geld von drei alten Damen (alle drei zwischen siebzig und achtzig), die mir vertrauten und mich keusch umwarben. Tee-Einladungen, zuweilen eine Flasche Cognac, einmal eine mykenische Tonfigur. Die erste Dame (sie führte mir dann ihre Freundinnen zu) war mit einem Mann verheiratet gewesen, der von seinem Bruder ziemlich viel Geld unter der Bedingung bekam, daß er den gemeinsamen Betrieb, ein Textilunternehmen, nie betrat. Ihm war das recht, er saß zu Hause und erfand Aschenbecher, die Danke sagten, wenn man Asche hineinwarf, oder eine Anlage, die sein Garagentor öffnete, wenn er im Auto *Stormy weather* pfiff; oft saß er die halbe Nacht im Regen und versuchte, sich an die Melodie zu erinnern. Er war ein leidenschaftlicher Amateurfunker mit einem Schlafzimmer voller Drähte und Röhren, einer von der Art, die jedes Interesse am Funken verlieren, wenn die Verbindung einmal hergestellt ist; dann wollte er nur noch ein paar Daten über die Empfangsqualität wissen, und aus. Ich war ursprünglich *sein* Berater; er mein erster Kunde. Jeden Abend ging er ins Café Kranzler, aß einen Milchreis und las die Welt, und ich mußte mich zu ihm setzen, auch mit einem Milchreis, stumm, bis er die Zeitung mit einem entschlossenen Ruck zusammenfaltete und mir die Aufträge des Tages gab. Dann starb er. Seine Frau interessierte sich nicht für Börsenkurse. Ihr Hobby war die Archäologie; jeden Frühling zog sie mit Pickel und Schaufel nach Griechenland. Sie rauchte wie ein Schlot und hustete sogar während sie sprach. Holte ununterbrochen und ungeniert laut irgendwelche Ablagerungen aus den tiefsten Tiefen ihrer Bronchien nach oben. Sie war heiter und vertrauensvoll und die entsetzlichste Autofahrerin, der ich jemals begegnet bin.

Das war auch die zweite alte Dame, eine ehemalige Blockflötenvirtuosin, die Telemann und die Brandenburgischen Konzerte öffentlich gespielt und ihr Vermögen aus dem Verkauf eines Grundstücks an der Zeil hatte, das von einem Urahn für fünfzig Pfennige pro Quadratmeter erworben worden war. Viehweide. Während die erste in ihrem Auto immer wieder von einer magischen Riesenhand auf die linke Straßenseite gezogen wurde, hatte die zweite ein gestörtes Verhältnis zu ihren Gängen, fuhr im vierten ab und schaltete, wenn der Motor sich endlich hochgearbeitet hatte, in den ersten hinunter. Ich erlebte sie ein einziges Mal zornglühend, nämlich als ich ihr vorschlug, ein automatisches Getriebe zu kaufen; und ich begriff, sie schaltete *gern*. Sie wusch sich oft die Hände, sprach ein gespreiztes Deutsch (die Erinnerung an irgendein Patriziertum) und konnte in wilde Lachanfälle ausbrechen, wenn jemand Wörter wie Popo aussprach. Einmal hatte ich während einer Ferienreise die erste Dame in der Nähe von Mykene aufgesucht (in jenem Ort, von dem aus die Straße nach den Ruinen abbiegt, in einem weißgekalkten kubischen Haus), und die zweite war auch da, und wir verbrachten einen wunderschönen Abend auf einer Terrasse unter Weintrauben, in einer nach Harz riechenden Luft, von den Atriden sprechend. Zikaden zirpten. Bevor ich dann zu Bett ging, duschte ich mich und hatte plötzlich ein seltsames Gefühl an der Kopfhaut, und als ich nach oben sah, sah ich zwei glühende Punkte am Oberlicht. Ihre Augen. Später hörte ich, sie habe in jungen Jahren einen Cellisten gern gehabt; was sie heute von sich preisgebe sei nur ein Teil von ihr.

Die dritte Dame fuhr nicht Auto. Sie trank. Sie begann damit in der Früh und hörte spät auf, aber ich habe sie nie betrunken gesehen. Sie hatte irgendein kräftiges Etwas in sich, das ihr alles hinter dem Mund wegtrank und an ihrer Statt trunken wurde. Dann erlaubte sich die alte Dame, sich selber gern zu haben. Sie wurde nett und war nicht mehr panisch und tat nicht mehr nur das, was ihre Freundinnen auch taten. Bis gegen Mittag kam sie mir wie ein leerer Sack vor, der orientierungslos in einer bösen Welt stand. Die Ohren nach innen, den Befehlen des strafenden Dings lauschend. Am Nachmittag wurde sie eine völlig andere Person, die mit weiten Tangoschritten ging und sich im Pfropfen von Obstbäumen auskannte. Nachts wurde sie müde und saß gähnend da, während die andern beiden in Schwung gerieten und sich abwechselnd Geschichten von zerscherbelten Vasen und geplatzten Konzerten zubrüllten. In der Regel, weil wir darüber an Vormittagen sprachen, kaufte und verkaufte sie dieselben Papiere wie ihre Freundinnen, keins mehr und keins weniger. Sie hatte keine Kinder; die zweite Dame auch nicht; aber die Archäologin hatte einen

Sohn, Horst, einen furchtbaren Menschen mit millimeterkurzen Haaren, der bei meinen Besuchen zuweilen hinter seiner Mutter saß und ihr Ratschläge ins Ohr flüsterte. Er hatte einmal Advokat werden wollen oder sollen, war aber an der ersten Prüfung gescheitert; dann entschied er sich für die Offizierslaufbahn und walzte im ersten Ausbildungsjahr mit einem Panzer einen Kleinstadtbahnhof nieder, oder nahezu; natürlich entließ ihn die Bundeswehr. Nun machte er auch Geldgeschäfte, ich weiß nicht, mit wessen Geld. Seine Mutter gab ihm jedenfalls ihres nicht. Vielleicht hatte er ebenfalls drei alte Damen. Ich sah ihn zuweilen an der Börse, am andern Ende des Halbrunds. Da stand er in einem peinlich korrekten Anzug, mit seinen dummen Haarstummeln und hektisch geröteten Wangen und rief seine Angebote wie ein Hase, der um Futter bettelt; er war immer sehr vorsichtig, geizig, wie ein Spielbankbesucher, der für den ganzen Abend nur hundert Mark hat und zehn davon fürs Taxi retten will.

Nie gelang es mir, weitere Gelder zu akquirieren als die der Damen. Aber mit ihrem Geld ließ sich auch schon etwas anfangen. Ich kaufte (ich hatte ja ziemlich freie Hand) Zucker, den ich abstieß, bevor er geerntet war; Kakao; einmal Tabak. All diese Warenterminsachen. Handelte natürlich auch mit Papieren und setzte auf das Steigen und Fallen des Dollars. Lange Zeit glichen sich große Gewinne und heftige Verluste aus, und den Damen lieferte ich Berichte, in denen nur die Stetigkeit meiner Arbeit vorkam. Ich tat meine Arbeit gern, obwohl ich zuweilen schon vor Mittag nach Hause rannte und lange heiß duschte.

2

An einem eisklirrenden Abend ging ich zu meiner Schwester (sie war, wie ich, erwachsen geworden und wohnte in einem Haus im Nordend, das im Sommer von so vielen Glyzinien umrankt war, daß es nun wie ausgeraubt aussah), weil ich mit ihr ins Kino gehen wollte (ich glaube, in *Casablanca*). Wir taten das seit vielen Jahren, seit immer eigentlich, und viele hielten uns für ein etwas strenges Paar; ich genoß diese unschuldigen Kinobesuche Hand in Hand; besonders wenn ich am Nachmittag mit der trägen Frau gelegen hatte.

Aber diesmal war meine Schwester nicht allein, sondern saß mit einer Frau am Küchentisch, vor den Trümmern eines Käsepicknicks. Beide tranken Chianti aus einer bauchigen Flasche (meine Schwester liebte die Toscana wie nichts sonst) und waren bester Laune. Ein Lachen wie ein Bergbach, das der Frau dunkler und ernster. Sie sah mich an.

»Das ist Johanna«, sagte meine Schwester und lachte weiterhin über etwas, was ich nicht mitgekriegt hatte. »Sie wohnt jetzt hier, seit heute. Wir teilen die Miete.«

Ich gab dieser Johanna die Hand und küßte meine Schwester. Sie trug eine rostrote Bluse, die sie seit immer hatte und die beim Waschen so sehr eingegangen war, daß der Stoff über ihren Brüsten fast zerriß. Jeans, deren oberster Knopf offenstand, wie stets, wenn sie sich zu Hause fühlte. Ich schenkte mir auch ein Glas voll und hörte den Frauen zu. Sie sprachen, wenn ich das recht verstand, von Gehirnen, von der menschlichen Intelligenz, und meine Schwester sagte, noch heute sei das Beherrschen der Rechtschreibung für die meisten der Maßstab des Gescheitseins; ihr könne das nur recht sein, obwohl sie just beim Wort Orthographie nie wisse, ob es nun ein th oder nur ein t habe. Johanna lachte. Sie war schlank und schmal und hatte schwarze Haare. Ein sackartiges dunkelblaues Kleid mit kleinen weißen Tupfen. Ich prostete ihr zu (»auf eine gute Nachbarschaft«) und schüttete dabei meiner Schwester den ganzen Wein in den Schoß, und wir lachten noch mehr, weil wir alle drei die geheime Bedeutung meines Ungeschicks erkannten.

»Kommen Sie mit uns?« sagte ich, während meine Schwester nach neuen Hosen suchte. »Ins Kino?«

Wir landeten (Johannas Idee) in einem Film, in dem ein Mann, arm und jung zu Beginn, dank seiner Liebeskraft die Direktionsetage eines Automobilkonzerns eroberte. Er war eigentlich immer nackt (schon während des Vorspanns zog er Hemd und Jeans aus; ganz zum Schluß thronte er in einem grauen Nadelstreifenanzug hinter einem riesigen Schreibtisch) und hatte, als er mit seiner ersten Freundin schlafen wollte (einer Kindergärtnerin mit Pfirsichbrüsten), ein ganz kleines Schwänzchen, das losspritzte bevor es sein Ziel erreicht hatte. Dann weinte der Mann, und die Frau streichelte ihn, und sie sprachen von ihren Müttern und Vätern, granitenen Ungeheuern. Später (er hatte andere Haare, kürzere) lag er mit der Sekretärin eines Abteilungsleiters, und nun war sein Schwanz schon ein Pflock. Keuchen und Stöhnen. Der Mann erzählte von seiner Kindheit, wie sein Vater streng gewesen sei, aber heute verstehe er, weshalb. Gegen Schluß des Films hatte er graue Haare und ein Genital wie Pinocchios Nase, ein Ungetüm, das die Frau des Inhabers des Automobilkonzerns bis zum Hals füllte. Jubelndes Singen. Nachher saßen beide auf Flauschteppichen (die Frau mit Faßbrüsten, zwischen denen Diamanten glitzerten), tranken Whisky (Sonne vor offenen Fenstern, Schmetterlinge, rauschendes Grün), und der Mann erzählte von seiner wunderbaren Jugend; wie es warm gewesen sei damals, als die Mama ihn in ihren Armen wiegte. Wir saßen in der ersten Reihe (das Kino war ausverkauft), ich zwischen den Frauen, und starrten auf die Riesenglieder direkt über uns.

Von da an gingen wir zu dritt ins Kino. Wir brachen zu Filmen auf, die an der Hauptwache liefen, landeten aber stets in der Nähe des Bahnhofs. Einmal saßen wir sogar in einer Bar an der Moselstraße und starrten ungläubig (daß das möglich war!) auf eine kleine Leinwand hoch über der Klotür, auf der ganz ohne jede Handlung Schwänze in Schlitzen hin und her fegten. Kurz danach (wir hatten uns für *Apocalypse now* verabredet) behauptete meine Schwester plötzlich, sie habe keine Zeit heute abend; ein Blick, in dem sich Trauer und Heiterkeit die Waage hielten. Sie hatte eine Staffelei aufgestellt und wollte malen. (Tagsüber war sie Anästhesiegehilfin im St. Markus-Krankenhaus.) Ich ging also mit Johanna allein (tatsächlich, als wäre uns ein anderer Film zu gefährlich geworden, in jenes asiatische Farbinferno), und als wir spät in der Nacht nach Hause kamen, war die Leinwand so weiß wie zuvor; meine Schwester lag in ihrer Malschürze auf dem Boden und schlief. Wir trugen sie ins Bett (sie wachte auf, als wir sie hochhoben, und wankte halb stöhnend, halb lachend allein in ihr Zimmer). Trotzdem kam sie nie mehr mit, nicht einmal, als im Kommunalen Kino *van Gogh* lief; obwohl wir ihr versprachen, ganz sicher auch dort zu landen und ihr den Eintritt zu bezahlen.

Johanna war Mikrobiologin, zerschnitt Fliegen unter einem Mikroskop und wollte ihr genetisches Material beherrschen lernen; später dann das der Menschen. Sie pumpte mich ständig an, ohne sich jemals daran zu erinnern. Gab mir zuweilen nahezu professionelle Tips. Einmal (sie riet mir, irgendwelche Berlin-Subventionen auszunützen) war meine Schwester dabei und bekam heftige Atemnöte (das Tabu ihrer Eltern); ballte die Fäuste um Pinsel und Tuben. Den ganzen Winter über stand sie vor einem Stilleben, das sie auf einem Holzhocker aufgebaut hatte (einer Flasche und zwei Äpfeln); immer wieder aß sie die Äpfel und legte zwei neue hin; sie wußte nicht, welche Farbe die Flasche haben sollte. Als die Glyzinie vor dem Fenster die ersten Blätter trieb, setzte sie ein helles Grün auf die Leinwand und riß sie sofort entsetzt vom Rahmen. Als es längst heiß geworden war, malte sie plötzlich das ganze Bild an *einem* Tag fertig. Die Flasche rostrot. Johanna und ich waren am Baggersee gewesen und standen am Abend sprachlos vor dem Wunder. Es war ein gutes Bild geworden.

Wir (Johanna und ich, ein Paar) verbrachten den Sommer (einen glühenden Tag nach dem andern) in Gartenlokalen; schliefen an den Wochenenden in Gasthöfen, auf deren Dächern Wagenräder für Störche bereitstanden. Saßen auch immer wieder ineinandergeknotet im Kino. Kauften in teuren Boutiquen Kleider und einmal in einem Shop Unterwäsche mit Glitzer und Schlitzen und Flitter überall, die sie ein einziges Mal trug und dann nie mehr. Obwohl wir dazu lachten, war uns die Heftigkeit, mit der uns das simulierte Bordellgefühl gepackt hatte, unheimlich geworden. Endlich, als die Sommerabende länger und kühler wurden, ließen wir die Gärten und Gasthöfe sein und gingen abends in eine Kneipe gleich bei meiner Wohnung, die Wiesenaueck hieß und deren Wirt, wenn er ein bißchen getrunken hatte, Platten aus seinen Jugendtagen auflegte (*Come prima*), zuerst pro forma seine Frau zum Tanz aufforderte (umwerfend galant) und dann mit allen weiblichen Gästen des Lokals eine Runde drehte. Gleich bei unserm ersten Mal kam auch

Johanna dran und sagte danach, er habe tatsächlich ein gewisses Etwas. Mir war es allerdings verborgen geblieben, als er mit seiner langen weißen Schürze durchs Lokal gewalzert war, Johanna an seinen runden Bauch gepreßt, den Blick zum Himmel erhoben als wisse er sich mit den Göttern im Einklang.

Bei unserm zweiten Besuch (Johanna tanzte erneut, ich stand am Geldspielautomaten und stopfte eine Mark nach der andern hinein) stand plötzlich ein Gast neben mir, wortlos, ein schmächtiger Jüngling um die dreißig, der (ein Gesicht wie Käse) wirkte als habe er einen zu niedern Blutdruck. Er sah den ratternden Symbolen (Orange, Kleeblatt, Sonne, Joker) ein paar kurze Sekunden lang zu, drückte dann die Stopptaste (sein Finger wie eine Klapperschlange), und unzählige Markstücke rasselten heraus. Ich hatte gerade wütend werden wollen (es war *mein* Spiel), lachte nun, und auch er verzog die Lippen zu einem Strich. »Zwei Pils«, rief ich. »Sie setzen sich doch zu uns?«

Er schien, mir gegenüber, über der Vorderkante des Stuhls zu schweben, bleich und mit Schweißperlen auf der Stirn. Die Hände wie zum Gebet gefaltet. Ich fragte ihn, wie er das mache, die Stopptaste so präzise zu drücken; aber er lächelte nur. Etwa zwanzig Markstükke lagen zwischen uns auf dem Tischtuch. Ich fragte ihn auch, ob er hier in der Nähe wohne, und er schüttelte den Kopf, und dann sahen wir schweigend dem Wirt und Johanna zu, die sich in das Bauchgebirge hineinwühlte als sehne sie sich nach dem Schlaraffenland. Der träumende Kopf des Wirts (die Augen geschlossen) über ihren Haaren. Dann war die Musik aus, und der Wirt gab mir Johanna mit einer altväterischen Verbeugung zurück; stellte gleich auch noch die zwei Pils vor uns hin, die er im Vorbeigehen von der Theke genommen hatte. Seine Frau lächelte uns zu. Sie wusch Gläser und wußte, daß die akkumulierte Begeisterung ihres Manns für alle Frauen dieser Welt ihr allein zugute kommen würde, in einen einzigen Augenblick gebündelt, wenn die Lichter gelöscht und die Rollos heruntergelassen waren.

»Darf ich vorstellen«, sagte ich, nachdem ich einen durstigen Schluck getrunken hatte. »Johanna.«

Beide plauderten sofort miteinander. Der Mann sagte (sein Bier unberührt), er heiße Hans Joachim, aber alle sagten Jimmy zu ihm; von seiner Schulzeit her sei ihm dieser aufschneiderische Name geblieben. Ja, er sei einmal Computerspezialist gewesen, bei Siemens, aber irgendwie habe ihn dann die Ungleichheit der Menschen mehr interessiert; daß man ihnen Geld wegnehmen dürfe. Nun sei er an der Börse.

»Ich auch«, sagte ich. »Ich habe Sie nie gesehen.«

»Ich Sie schon.« Er lächelte. »Heute haben Sie Dunlop gekauft.«

Ich nickte und versuchte mich an ihn zu erinnern (wie immer hatten Hunderte schwitzender hemdsärmliger Männer herumgebrüllt, alle eigentlich sehr gleich aussehend), und er sprach wieder mit Johanna. Ich beugte mich zu ihr hin (mein Bein an ihrem) und hörte zu. Vor der Tür, sagte Jimmy gerade (flüsterte beinah; sein Kopf weit über den Tisch gebeugt), stehe ein Achtzigtausend-Mark-Mercedes, der heute morgen noch dem Chef der AEG gehört habe; der sei noch dankbar dafür gewesen, daß er ihn habe verschenken dürfen; gehe nun wohl zu Fuß. Pleitefirmen seien seine Spezialität. Deren Papiere, aber auch die Sachwerte; in der Panik des drohenden Konkurses habe kaum einer den Überblick; er schon. Er lächelte Johanna zu, und sie lachte, sich zurücklehnend und einen Schluck trinkend. Da trank auch Jimmy, ohne zu bemerken, daß der sorgsam aufgebaute Schaumkragen schon in sich zusammengesunken war. Trotzdem ein kleiner weißer Schnurrbart über seiner Oberlippe.

»Wollen wir ein Spielchen machen?« Er sah nun plötzlich sehr lebendig aus und wetzte auf seinem Stuhl hin und her. Johanna und ich nickten beide gleichzeitig. Es ging darum, das Prägedatum der Markstücke zu erraten, die aus dem Automaten gerasselt waren. Jimmy schob das erste, den Adler nach oben, in die Tischmitte und sah mich an.

»1966«, sagte ich.

»Neunundsiebzig«: Johanna.

Jimmy zögerte, sah auf die Münze (jetzt sah ich, daß sie ziemlich abgegriffen war) und murmelte »Vierundfünfzig«; und hatte recht. Steckte sie weg. Die nächste, übernächste, und fast immer traf er das Datum. Auch Johanna landete hie und da einen Treffer; und einmal auch ich. Ich bestellte sofort eine neue Runde Bier.

Jetzt sprachen wir auch wieder von anderem, nicht nur von Prägedaten, von der Börse (daß, wenn einmal alle die gleichen Informationen zur gleichen Zeit hätten, ihr Ende kommen müsse; dank Kabeln und Computern sei das bald soweit; was dann?); und später (ich trank nun still) entwarfen Johanna und Jimmy Strategien, mit einem Handstreich die Mehrheit der Hoffmann-La-Roche-Aktien zu erwerben oder die Gunst eines Öl-scheichs am Persischen Golf, in dessen Harem beide ein geruhsames Leben führen wollten, sich an glitzerblauen Schwimmbädern räkelnd.

Inzwischen hatte der Wirt angefangen, Stühle auf die Tische zu stellen. Das Licht war dämmrig geworden; und während der Wirt, ungeduldig plötzlich, kassierte, rumpelte seine Frau mit Besen und Eimer durchs Lokal. Wir gingen, Jimmy als letzter. Der metallene Rolladen der Tür fiel wie ein Fallbeil hinter uns herunter. Jimmy verzog das Gesicht (im Nachtlicht wieder ein Käse geworden) und rief viel zu laut, jetzt lägen die zwei da drin gewiss schon unter den Tischen und hätten die Gäste von eben vergessen.

3

Wir hatten einen blauen Herbst. Farbige Blätter schaukelten von den Bäumen, und überall auf den Trottoirs glänzten Kastanien. Eine milde klare Luft, die endlich jenen Untergrund an Kälte hatte, die das Atmen angenehm machte. Ein Licht wie in der Toscana, ohne alle Wespen und Schnaken. Kinder schlurften durchs Laub, ihre Väter kickten im Park, in dessen Gras noch einmal die Frauen mit hochgerollten Röcken lagen. An den Morgen aber glitzerte schon der Rauhreif. Einmal ging ich recht früh durch die leeren Parkwege und sah ein Paar Tennisschuhe aus einem Gebüsch herausragen: ein Toter. Natürlich brauchten in so einer Stadt die Süchtigen ihre Mittel auch wenn der Himmel glänzte; zertrümmerte Telefonkabinen gab es immer noch. Schlägereien nachts; Überfälle in leeren U-Bahnen. Ich aber war glücklich und hatte mit einem Kredit der Bank für Gemeinwirtschaft schon verschiffte Lämmer auf dem Weg nach Europa gekauft, weil ein Überangebot in unsern Kühlhäusern die Preise zum Einstürzen gebracht hatte; Aktien von Mitsubishi, die gesunken waren, weil die Firma ihre auf Halde produzierten Wankelmotoren verschrottete; und sogar ein paar Siemens, deren Kurs rutschte, weil die japanischen Großrechner besser waren. Das meiste Geld aber, fast der ganze Kredit, steckte in einem Berg am Yukon, auf den mich ein Freund aufmerksam gemacht hatte, der mit einem Wohnmobil durch die unwirtlichsten Teile Kanadas gereist war und dabei ununterbrochen durch Kupfer, Uran und Silber geschlurft war. Man mußte es nur aufheben. Er selber hatte auf der Stelle seine bisherige Arbeit aufgegeben und sich am Yukon-Ufer eine Blockhütte gekauft. Seine Arbeit war ein Buch gewesen, das der Mathematik ihre verlorengegangene Menschlichkeit hätte zurückgeben sollen; ihr Ziel sollte es, seiner Meinung nach, nicht mehr sein, die Unbekannten von Gleichungen aufzulösen, sondern die prinzipielle Unauflösbarkeit von Unbekanntem zu lehren; eine Geisteshaltung eher, keine Technik. Jedenfalls, er war nun gerade dabei, die Blockhütte in ein Restaurant umzubauen, weil er sicher war, in wenigen Jahren Tausende von Energiefachleuten bewirten zu können. Fünf oder sechs seiner vielen Freundinnen waren mit ihm gereist; alle hatten von der westlichen Kultur beziehungsweise ihren Pädagogikstudien die Nase voll. Mit meinem Geld (er selber hatte keins) hatte er den Berg vom kanadischen Staat gekauft, direkt hinter dem Restaurant, reines Kupfer mit ein bißchen Sand drauf; im Winter Schnee. Die Analysen (vorläufig seine eigenen) waren fantastisch. Zur Zeit, schrieb er im einzigen Brief seit seiner Abreise, überlege er sich, was ein Skilift uns einbringen könnte, bis es mit dem Abbau soweit sei. Und er richte im ersten Stock des

Blockhauses fünf oder sechs Séparées für die Energiefachleute ein; für die Freundinnen. Sicher sei trotzdem, schrieb er in einem Postscriptum unter seiner schwungvollen Unterschrift, daß das Mathematikbuch fertig werde; nur später; zum Beispiel werde er den Logarithmen ihre in abertausend vollautomatisierten Rechengängen zerschlissene Würde zurückgeben.

»Gib ihm das Geld«, hatte Johanna gesagt. »Geld machen in diesem System nur die Wahnsinnigen.«

»Und die Kriminellen«, hatte ich geantwortet. »Mein Problem ist, ich kann nicht lügen und bin nicht verrückt.«

Ich überwies ihm also den größten Teil meines Kredits, obwohl er ein paar Wochen später fällig war; ich sah keine Probleme, ihn zu verlängern (meine beiden Sachbearbeiter, mit denen ich telefonierte, auch nicht). Plötzlich aber weigerte sich die Bank und wollte ihr Geld wiederhaben. Jetzt, auf der Stelle. Ich saß eine Stunde lang in einem Büro hoch über der Stadt, zwei Sachbearbeitern gegenüber, die beide graue Nadelstreifenanzüge trugen. Zwei schräggestellte Schreibtische, an denen sie mir stumm zuhörten. Starre Gesichter. Hinter ihnen riesige Fenster; der strahlende Himmel hinter den gefärbten Gläsern in unwirkliche Fernen gerückt. Ich bot ihnen alle meine Papiere als Sicherheit an, beschwor die Zukunft (Lämmer! Kupfer!) und schrie schließlich, den Polen verlängerten sie doch auch dauernd die Kredite. Ich war aber nicht Polen. Wenn ich den Kredit nicht sofort zurückzahlte, nähmen sie in der Tat die Papiere: zur Tilgung nämlich, obwohl ihr derzeitiger Kurswert (beide rechneten auf kleinen Taschenrechnern) kaum die Schuldsumme bringe. Es sei eben unvorsichtig von mir gewesen, so viel Fremdkapital aufzunehmen.

»Aber Sie haben mir doch selber dazu geraten!«

»Tut uns leid.«

Ich brüllte und ging zwischen den beiden Schreibtischen hin und her. Der eine zuckte die Achseln, und der andre hatte den Telefonhörer genommen und sprach fast heiter über eine ganz andere Sache. Abschiedslos stürzte ich aus dem Zimmer und ließ die Tür offen.

Als ich in meine Wohnung kam, saß Johanna mit vertränten Augen auf dem Bett. Naßgeschluchzt bis auf die Haut; mit angespannten Muskeln. Sie ließ mir keine Zeit, mein eigenes Elend auch nur anzudeuten, und sagte mit einer Stimme, die ahnen ließ, daß hinter ihrem Porzellangesicht tausend Volt kochten, sie habe sich verliebt; *verliebt*; vielleicht sei es nichts, aber das wisse sie eben nicht, sie müsse es ausprobieren. Ich verstünde das sicher. Daß sie für ein paar Tage wegfahre; dann sei sie sich darüber im klaren, ob der andere der Richtige sei oder ich. Sie liebe mich. Ich starrte sie an. Eine ganz andere Johanna als ich sie kannte: mit Lippen, die zitterten, und Augen, die zeigten, daß niemand und nichts sie aufhalten konnte. »Wohin?« murmelte ich. »Wer?« »Nach Straßburg«, sagte sie. »Wir wollen nach Straßburg, versteh doch, hier können wir nie zusammensein. Wo sollen wir denn hin? Immer nur Espressos in Eisdielen!« Sie bebte nun am ganzen Körper, hatte zerraufte Haare und war, ohne sich dessen bewußt zu werden, mit mir so vertraut, daß sie ohne jede Scheu vor mir häßlich war. Vertränt und verschmiert. Für den andern hätte sie sich sofort die Schlieren von den Wangen gewischt. Ich war wie mit dem Hammer erschlagen und brüllte, wer dieses gottverdammte Arschloch sei. Er sei kein was ich eben gesagt hätte, murmelte Johanna; ein paar Tage nur, dann wisse sie alles. Ihre Augen sahen mich kaum mehr: ich war schon wegretouchiert. All die fürsorgliche Aufmerksamkeit bedeutete keinen Augenblick lang, sie könnte etwa doch noch bleiben. Tatsächlich stand sie plötzlich vom Bett auf, wieder mit einem neuen Gesicht (entschlossen und voller Zukunft), gab mir einen Kuß wie einem Toten und war draußen. Ich blieb betäubt wo ich war und starrte auf den Abdruck ihres Körpers auf der Couchdecke, bis er nicht mehr zu sehen war; rannte dann in den Flur und brüllte (weit unten fegte ihre Hand übers Geländer wie ein Bobsleigh in seiner Bahn), ich liebte sie, und dann, als sie schon unten bei den Briefkästen war, sie solle doch abhauen. Verhurte Gans. Unten fiel die Haustür ins Schloß, und ich beugte mich so weit über die Treppenbrüstung, daß ich ihr nachzustürzen drohte und brüllte: »Jimmy? Ist es dieser Jimmy??« Gleichzeitig gingen alle Wohnungstüren auf (die im Stockwerk unter mir), und zwei Frauen, beide mit Küchenschürzen, sahen zu mir hoch. Ein kleines Mädchen mit riesigen Augen. Ich ging in die Wohnung zurück, setzte mich an den Schreibtisch und starrte auf Bilanzen, die keinen Sinn mehr hatten.

Das Telefon klingelte. Jimmy. »Ich weiß es!« brüllte ich sofort. »Mir macht ihr nichts vor!« Jimmy, mit einer ganz kleinen Stimme, sagte, er verstehe nicht ganz, er stehe kurz vor einer Reise, und ob er mich in einer wichtigen Angelegenheit sprechen könne. Jetzt gleich. Es gehe um Geld und um noch viel mehr; deutlicher könne er hier am Telefon nicht werden. Ich zitterte plötzlich am ganzen Körper und nickte mehrmals in den Hörer hinein. Hängte dann auf und traf mich mit ihm (ein paar Minuten später) vor einer Trinkhalle an der Feldbergstraße. Er saß auf einer niedern Mauer und trank Dornkaat aus einem grünen Babyfläschchen. Ein bißchen betrunken erklärte er mir, er habe eine große Bitte an mich, eine wichtige Sache, eine Auslandsreise, die er nicht selber machen könne, weil er hier in Frankfurt noch ein Liquidationsgeschäft laufen habe. Ich wisse ja, wie er mit der AEG im Geschäft sei, sie sanierten einen ganzen unrentablen Bereich weg, Werkzeugmaschinen, gleich hier um die Ecke.

»Du hast gesagt, du verreist«, sagte ich und brüllte: »Mit Johanna! Stimmts?«

»Ich habe mich versprochen. *Du* verreist.« Er sah mich mit geröteten Augen an. »Was hat das mit deiner Freundin zu tun?« Er erklärte mir (ich hatte ihn noch nie *trinken* sehen), nur mir traue er zu, diese Aufgabe zu lösen, die im übrigen so leicht sei, daß jedes Kind das könne. Dann schwieg er und trank das grüne Fläschchen leer. Noch nie hatte er mit mir so viel gesprochen, und so unklar. Ich war gerührt, daß er mich ansah fast wie einen Freund.

»Ich kann nicht«, sagte ich. »Ich habe einen Termin. Und vielleicht ruft mich Johanna an.«

»Ich weiß«, sagte Jimmy und warf das Fläschchen mit einem gezielten Wurf in eine Mülltonne, die mindestens zehn Meter weg stand.

»Was weißt du?« schrie ich.

»Du bist echt nervös heut.« Er schüttelte den Kopf. »Ich weiß es seit zwei Tagen. Daß du kein Geld mehr hast. Richtige Papiere zur falschen Zeit.«

»Falsche Papiere«, sagte ich.

»Paß auf. Du fährst nach Marseille und holst eine Information für mich ab. Dem Mann gibst du das da. Geld. Ich zahle dir dafür fünftausend Mark. O.K.?«

Er gab mir einen Briefumschlag, der sich ziemlich schwer anfühlte, mit einer Adresse drauf. *Monsieur Albert Grandhomme, 23 rue Auguste Renoir.* Wahrscheinlich hatte er das Geld in Fünfmarkscheinen hineingetan. Ich stand da und sah einen Augenblick lang das flimmernde Licht des alten Hafens von Marseille vor mir.

»Nein«, sagte ich.

»Ich will dir helfen, und du hilfst mir«, sagte Jimmy. »Das Benzin bezahle ich dir auch.«

Er nuggelte an einem neuen Fläschchen. Ich holte mir ein Bier und trank es, schweigend wie er. Starrte auf ein Bäumchen, das aus einem Holzgeviert auf dem Trottoir herauswuchs. Autos fuhren vorbei und wirbelten Papiere auf. Ich dachte zuerst an Johanna (sie konnte mitten in der Nacht anrufen; sie liebe nur mich; der andre sei gräßlich) und dann an die drei alten Damen, und daß ich irgendwann einmal mit ihnen sprechen mußte. Ihnen sagen, daß sie kein Geld mehr hatten.

»Nein«, sagte ich und stand auf. Jimmy blieb auf der Mauer sitzen und hob nicht einmal den Kopf. Also ging ich. Zu Hause saß ich eine Weile auf dem Klo und spielte mit dem Gedanken, das träge Mädchen anzurufen. Aber das kam mir wie ein dummer Racheakt vor. Wenn einer durchdreht, dachte ich, auf die Hosen über meinen Füssen starrend, muß der andere um so gefaßter bleiben; sonst gerät *alles* aus den Fugen. Ich machte mir auch sonst Mut und sagte mir, daß jede Frau, wenn sie sinnlich und neugierig ist, hie und da etc.; daß erst der Schmerz reif mache usw.; und daß der andere auch nur mit Wasser koche. Aber es half nicht viel. Ich zog also die Hosen hoch, stellte mich mit einem Bier auf den Balkon und sah ins psychologische Institut hinüber, wo an einem Fenster der bewegungslose Schädel eines Therapeuten zu sehen war, über einem unsichtbaren Patienten schwebend vermutlich, dessen Probleme ich blind gegen die meinen eingetauscht hätte. So stand ich ziemlich lange an die Brüstung gelehnt und schaute ohne Ziel; meistens in ein verwildertes Grundstück schräg gegenüber, einen Urwald mitten in der Stadt, in dem Vögel nisteten, deren Ruhe nur, wie gerade jetzt, durch Katzen gestört wurde; eine schwarzweiße versuchte, dem kräftigen Ast eines Baums entlangzubalancieren und schaffte es nach einigem Zögern auch. Dann verschwand sie in Farnen. Ich rappelte mich auf und rief die Dame an, die mir die toleranteste zu sein schien (die Archäologin), und schon nach dem ersten Klingeln hob sie ab und hustete, daß die Membrane schepperte.

»Kann ich nach dem Abendessen für ein paar Minuten vorbeikommen?«

»Aber natürlich.« Sie hustete, als wolle sie mit einem endgültigen Kraftakt alle ihre Bronchialprobleme auf einmal lösen. »Meine beiden Freundinnen sind auch da. Wir wollen Monopoly spielen.«

Genau das hatte ich vermeiden wollen. Aber so geht es. Ich aß nichts, starrte statt dessen lange auf eine Straßenkarte Süddeutschlands und überlegte, welchen Weg Johanna und ihr Freund wohl nahmen. Sicher verschwanden sie im ersten Wald hinter Darmstadt und wühlten sich ineinander. Stöhnend Johanna, schreiend ihr Stier. Es war nicht auszuhalten, und trotzdem brachte ich das herrlichschreckliche Bild nicht aus meinem Kopf heraus. Als sei *ich* Johanna. Ich war einmal verliebt gewesen in eine, mit der war ich auf einer dieser Nordseeinseln, in Norderney, wir wollten rings um die ganze Insel marschieren und kamen bis in die erste Dünenmulde. Es war auch unser erstes Mal. Seltsamerweise kamen während der ganzen Zeit keine anderen Wanderer. Aber das war *ich* gewesen! Bei andern sieht das gleiche mies und elend aus. Ich zerknüllte die Karte und warf sie in eine Ecke (unzählige Wege führten nach Straßburg), verließ die Wohnung und fuhr zur alten Dame, die in einem efeuumwachsenen Haus in einem Viertel wohnte, wo alle Straßen nach Dichtern hießen. Vögel umzwitscherten mich, als ich klingelte; an einem Spalier ein einzelner großer Pfirsich, dessen Haut im ersten Frost Runzeln bekommen hatte.

Ich saß mindestens eine Stunde lang steif auf einem rosa Sofa, dessen kostbarer Seidenbezug voller Läppchen und Tüchelchen lag, unter denen vermutlich Flecken und Löcher waren. Heute wagte ich nicht, eines aufzuheben. Mir gegenüber saßen die Damen auf steilen Stühlen und rührten in Teetassen. Dicke Vorhänge vor den Fenstern, ein Dämmerlicht aus niedern Lampen voller Troddeln. Am Boden kein Zentimeter ohne Teppiche, alte Perser und Afghanen, die an einzelnen Stellen nur noch aus Fäden bestanden; aber da schaute dann ein zweiter Afghane oder Perser hervor. Wir sprachen zuerst von der inzwischen fast gesicherten Hypothese, daß die Ägypter Griechenland besiedelt hätten; und weil diese ihrerseits aus dem Sudan gekommen waren, seien Agamemnon und Klytämnestra wahrscheinlich so etwas wie Neger gewesen. Wulstlippen und rollende Augen, nicht die blonden

Recken, als die sie manche Geschichtsschreiber immer noch gerne sähen. Dann sprachen wir von einem Konzert in der alten Oper, bei dem sich ein italienischer Pianist nach einem ersten entsetzlichen Versuch den ganzen Abend hindurch weigerte, das zweigestrichene C anzuschlagen, weil es eine Nuance zu hoch gestimmt war. So hörten die Leute, unter ihnen die zweite alte Dame, Beethovens späte Sonaten mit Löchern. Fast könne sie sich nicht mehr vorstellen, sagte sie, in Konzerte zu gehen, in denen *alle* Noten gespielt würden. Die dritte Dame, die natürlich etwas betrunken aber erstaunlicherweise überhaupt nicht müde war, vertrat schließlich die These, alles sei schon einmal dagewesen (mehrmals), zum Beispiel hätten sich in ihrer Jugend die Frauen schon einmal emanzipiert, alle hätten auf der Straße geraucht und geliebt wen sie wollten, und wie, und wo. Viele hätten auch damals eine Welt geplant, in der das Geld abgeschafft war zugunsten eines allgemeinen Glücks, zu dem jeder jedem verhalf.

Das war mein Stichwort, wenn ich überhaupt jemals den Mut finden wollte, etwas zur veränderten Lage zu sagen. Ich setzte mich also gerade hin, noch gerader, hustete, murmelte dann, es sei etwas Unangenehmes passiert, öh, wir hätten ein paar Schwierigkeiten, ja, ihre Papiere seien gefallen, und da sei da noch so ein Kredit, den ich das letzte Mal zu erwähnen vergessen hätte, und ihre Papiere würden von der Bank zur Tilgung gebraucht. Wir hätten alle nichts mehr, nichts.

Zuerst saßen sie starr. Die erste hatte den Mund offen und vergaß zu husten, die zweite atmete nicht mehr, und die dritte drehte die Daumen so rasend schnell, daß ich nur noch die Rotationswirbel sah. Dann ging sie zum Servierboy und kippte einen großen Schnaps. Das war das Signal für die beiden andern, aufzuspringen und sich schreiend um mich zu scharen, und ich saß zusammengekrümmt auf dem harten Sofa und dachte, vielleicht rafft uns alle ein gütiger Schlag hinweg. Ihre Stimmen (zischelnde Sensen) über mir. Ich bewegte mich nicht, atmete kaum, sah auf die Schuhe der Damen: bei allen dreien solche wie sie Serviererinnen oft tragen. Dann, als die Stimmen leiser wurden, begann ich zu erzählen, wie alles gekommen war; so ziemlich die Wahrheit. Daß zum Beispiel ein Freund von mir auf dieselbe Weise einen Riesengewinn gemacht habe. Von Leuten wie uns lebe das System. Die Bank behandle die gepfändeten Aktien wie Klopapier bis sie ihr gehörten; dann hätten sie sofort wieder ihren Wert. Meine Gesprächspartner seien Hyänen. Einen Kaufvertrag für einen ganzen Berg voll Kupfer hätten sie mir gleich zurückgegeben. Da sei kein Kupfer drin; sie tippten eher auf Murmeltiere.

Schließlich verfielen wir alle in eine gemeinsame Depression und tranken mehr als sonst, und nach Mitternacht saßen wir auf den Teppichen und spielten Monopoly, ein uraltes aus den Zeiten der Weltwirtschaftskrise, und ich gewann ganze Häuserfluchten. Die Damen verloren und kreischten vor Vergnügen bei jeder neuen Pleite. Das Getränk war ein süßer Dessertwein, von dem die Mägen der Damen, die sonst das kleinste Zwiebelstückchen zurückwiesen, nicht genug bekommen konnten. *Mein* Magen revoltierte immer mehr (oder war es die Leber?), mir wurde plötzlich schlecht, ich gelangte gerade noch ins Klo und kotzte wie schon lange nicht mehr. Als ich zurückkam, war das Monopoly weggeräumt. Die Stimmung war wieder wie zuvor, verschärft durch den Dessertwein, und die Damen hatten beschlossen, Horst, den entsetzlichen Sohn der Gastgeberin, als eine Art Konkursverwalter und Wachhund einzusetzen. Er sollte meine Transaktionen durchleuchten und retten was zu retten war. Dann sollte er mein Nachfolger werden. Ich nickte blöde und stand auf; verabschiedete mich für immer. Würdiges Kopfnicken. Ich versuchte, mit meinem Körper die Ausgangstür zu treffen und streifte eine altgriechische Vase, die hinter mir zerklirrte. Die Haustür, die ich hinter mir zuwarf, dämpfte die Schreie der Damen, die nun hemmungslos Wörter wie *Betrüger* und *Mörder* gebrauchten. *Scheißkerl*; und selbst jetzt brach die zweite Dame in ein grelles Lachen aus. Draußen eine kalte Nachtluft, die mich schüttelte. Ein beinah voller Mond. Zu Hause lag ich elend im Bett, wälzte mich und wühlte mein Gesicht in die Kissen, saß auch manchmal mit verbissenen Mundmuskeln und schrie und schlief erst ein, als die Sonne aufging und die Autos ihren beruhigenden Krach zu machen begannen. Ich träumte, ich führe mit der dritten Dame nach

Straßburg, das wie ein kleines Dorf in Niederösterreich aussah, in dem ich mit Johanna (es war unsre einzige Reise geblieben) einmal in einem Hotel gewesen war, das eine regelrechte Intimbar hatte; öde Käffer haben ja oft ein kühnes Nachtleben. Wir tranken Wein über Glastischen, in denen Feuersalamander krochen. An den Wänden Gemälde von Penissen mit Gamsbarthüten und Vaginen mit Gänseblümchenkränzen. Es war eigentlich sehr schön, und als wir im Zimmer oben waren, hörten wir durch die Wände links und rechts das Liebesröcheln der beiden Herren, die vorher mit uns am Tisch gesessen und den Serviererinnen, zwei jungen Frauen in Phantasiedirndls, immer neuen Sekt spendiert hatten. Die Frauen blieben unhörbar als seien sie gar nicht dabei. Wir zwei (als seien die in den andern Zimmern unsre Stellvertreter) blieben keusch, schliefen lächelnd ein (das komische Röhren dämmerte weg) und fielen erst in der Morgendämmerung, aus einem tiefen Schlaf heraus, übereinander her, und nun kümmerte es uns nicht mehr, daß das Bett schrie und ächzte; daß der Nachttisch hüpfte und eine Emailschüssel auf einem fernen Waschtisch schepperte. Im Traum wurde die dritte Dame (wir waren betrunken aufgebrochen aus einem Haus aus Disteln) wieder nüchtern, und als wir in das dörfliche Straßburg einfuhren, hatte sie sich in ein meterhohes schwarzes Ungeheuer verwandelt, das mich verschlingen wollte, so daß ich aufwachte, schreiend vor Schuld.

4

Blendende Sonne. Ich hatte ein fürchterliches Kopfweh, aß zwei Spalttabletten und trank eine ganze Kanne Kaffee. Dann setzte ich mich auf den Balkon und begann eine Liste derer aufzustellen, denen ich vielleicht die Terminlämmer und das ungehobene Kupfer doch noch verkaufen konnte. Bald natürlich saß ich einfach nur da und sah zu den Wolken hinauf, Schäfchen, die auf einem makellos blauen Meer weideten und zuweilen Krokodilen glichen. Flugzeuge flogen mit langen Schleppen. Wieder trieb ein sanfter Wind Blätter durch die Luft, und mit ihnen den Duft eines nahen Chinarestaurants, über dessen Tür Schriftzeichen standen, von denen mir ein Freund gesagt hatte, sie seien ein Scherz des Restaurateurs und hießen, die Deutschen fressen alles. Langsam wurde mir klar, daß es Morgen geworden war und Johanna jetzt mit ihrem Freund gelegen hatte, vermutlich nicht betrunken wie ich es gewesen war; und nun in einem sonnigen Gasthof frühstückte; viele Eier. Gleich platzte ich wieder vor Wut. Vielleicht auch lagen sie immer noch im Bett (sie wollten ja nur das) und umarmten sich ein letztes Mal, eine übermütige Dreingabe nur noch, nach der sie, nun wirklich leer und voll, nebeneinander lagen und Hand in Hand zu den Sonnenstriemen an der Decke hinaufblickten, die über dicke dunkle Vorhänge hinweg drangen und von bienensummenden Wiesen kündeten. Rrrr. Ich quälte mich, und ich quälte mich gern. Dachte immer erneut an das, was sie wohl schrecklicherweise in Wirklichkeit genau so auch taten, denn so viele Möglichkeiten gibt es nicht. Einmal hatte ich auch eine Verheiratete umworben, wir hatten uns zwei-, dreimal an Vormittagen in ein Hotel geschlichen (in der Nähe des Hauptbahnhofs; Staubsauger vor der Tür während wir uns liebten), aber dann wurde ihr Mann mein Freund, und die Frau störte uns immer mehr, wenn wir beisammensaßen und die Steuergesetze nach Lücken abklopften. Nie wurde mir klar, wußte er es nicht oder wars ihm einfach egal. Ihn schrieb ich auch auf meine Liste und strich ihn gleich wieder durch, so daß ich erneut außer Jimmy keinen hatte, mit dem über meine Jammeraktien zu reden auch nur den geringsten Sinn hatte. Vielleicht, weil ja Pleiten seine Spezialität waren, wurde ich für ihn jetzt erst attraktiv. Mindestens konnte dabei herauskommen, daß er morgen schon in meinem Auto herumfuhr, obwohl ich ihn mir in einem alten 404 schlecht vorstellen konnte. Was fuhr der Liebhaber? Einen Porsche oder einen R4? Oder waren sie im Zug gefahren, Wange an Wange Kühe betrachtend, die unter einem unendlichen Himmel kauten und kauten bis alles Grün weiße Milch geworden war?

Plötzlich ging die Balkontür auf, und Horst stand

vor mir, der entsetzliche Sohn, noch immer mit Stoppelhaaren und Pickeln. Aber er hatte sich einen Schnurrbart wachsen lassen, zehn bis zwanzig rote Haare auf einer schorfigen Oberlippe, und trug eine Hornbrille. Er stellte sich wortlos vor mich hin, ein mit einem Nadelstreifenanzug verkleideter Zombie, öffnete ein schwarzes Aktenköfferchen und holte eine Unmenge farbiger Klarsichtschuber heraus. Mich tröstete es zu sehen, daß seine Hände zitterten, aber obwohl ich dachte, er ist immer noch das alte Kaninchen, war ich viel zu groggy, ihn auch nur zu fragen, ob er eigentlich nie klingle. Er ging in die Wohnung zurück, zog die Balkontür hinter sich zu, und durch ihr spiegelndes Glas sah ich, wie er meine Unterlagen in seine vielen Schuber einpackte. Emsig wie ein Eichhörnchen, das eine Höhle voller Nüsse entdeckt hat. Ich trank Kaffee und war zu so gleichen Teilen elend und wütend, daß keins meiner Gefühle zu einer Handlung zu werden imstande war. Endlich kam Horst wieder auf den Balkon heraus und sagte mit einer Fistelstimme, Mama sei sehr enttäuscht von mir, wirklich außerordentlich, was er von sich nicht sagen könne, er habe nie etwas von mir gehalten. Da hätte ich aber schöne Scheiße gebaut. Ich nickte, weil ich zu schwach war, ihn an seinen Kleinstadtbahnhof zu erinnern; er aber war nun ganz Anwalt, so einer aus einem amerikanischen Film, der gerade Rockefeller gepfändet hat. Peinlich korrekt. Blinzelte sogar zu der einsamen Ulme an der Straßenecke hinüber und murmelte, ich hätte es ja recht nett hier. Er wünsche mich morgen in seinem Büro zu sehen; wir müßten nun wohl Nägel mit Köpfen machen. Er legte eine Visitenkarte vor mich auf den Tisch (so eine wie sie die großen Warenhäuser den Kindern guter Kunden zur Konfirmation schenken) und ging. Unten auf der Straße sah ich ihn in einen dunkelgrünen Jaguar steigen, der so geräuschlos wegfuhr als bewege ihn allein Horsts Wille. Bitte. Ich gab mir einen Ruck und rief Jimmy an (ich brauchte seine Hilfe), aber er war nicht zu Hause. Dann die beiden Sachbearbeiter in der Bank; mir war nicht klar, mit welchem von beiden ich sprach; jedenfalls sagte ich ihm, oder dem andern, in ein paar Tagen sei ich aus meinem Liquidationsengpaß heraus, und er müsse sich gedulden. Als er heftig zu reden anfing, zu schreien beinah, hängte ich ein. Sofort danach verließ ich die Wohnung (als ich auf der Straße unten war, klingelte oben das Telefon; ich hetzte zurück und kam zu spät; Johanna?) und ging in den Botanischen Garten. Rannte durch den Alpengarten und die nordamerikanischen Gehölze, die nasse Wiese und die Heide und kämpfte mit mir, ob ich nach Straßburg fahren sollte oder nicht. Sie am Arm ihres Freunds überraschen, an ihn geschmiegt mit jenem Lachen, das bis jetzt mir gegolten hatte. Ich kannte die Stadt ja: zuerst diese ohne den geringsten Zusammenhang nebeneinander gebauten Gebäude (Gardencenters zwischen Raffinerien), eine gnadenlose fast komische Scheußlichkeit. Dann jene weißgrauen Häuser aus dem letzten Jahrhundert, die, wo immer auf der Welt sie stehen, Paris bedeuten. Und ganz innen die Fachwerkhäuser (untendrin McDonalds) und jenes Münster, von dem man mir gesagt hatte, es sei schön; war es das? Sein Inneres, obwohl es gewiß immer voller Leute war, schien in meiner Erinnerung still und leer. Ewig. Sonnenlichtbündel durch hohe Glasfenster, die den Luftstaub färbten. Alte Seelen, die sich seit Jahrhunderten im Geäst der gotischen Verzierungen eingenistet hatten. – Ich hockte dann stundenlang auf einer Bank am Rand der mediterranen Flora und sah in den systematischen Teil hinüber (Beete mit Astern) und fühlte endlich, wie sich so etwas wie Ruhe in mich senkte; als sei ich tatsächlich in jenem Gotteshaus gewesen. Ein neues Gefühl für gestern, jetzt und morgen. (Kann sein, daß mein Vater *das* in seinen Gebeten gesucht hatte.) Waren es die Seelen, die ich in das Himmelslicht hineinphantasiert hatte, die den Treuebruch einer einzigen Nacht nichtig erscheinen ließen?; rührend?; die hilflose Anstrengung einer Sterblichen, ein Stück vom Glück abzubekommen? Jedenfalls stand ich fast gut gelaunt von meiner Bank auf und schlenderte nun statt zu hasten. Sah mir später einen Film an (Chinesen, die mit den Füßen boxten) und landete endlich, da ich nicht ins Wiesenaueck wollte (ein Abend mit Jimmy wäre mir zuwider gewesen), in einem Lokal hinter der Bockenheimer Warte, in dem ich noch nie gewesen war. Eine Art Kellertreppe, eine niedere Tür, bei der ich mich bücken mußte; ein Wirt hinter einer stummelkurzen Theke.

Ich bestellte ein Bier und später ein Rippchen mit Sauerkraut. Aß es und trank ein zweites Bier und wohl auch ein drittes. Daß wieder eine Nacht begann und Johanna erneut nicht bei mir war, schmerzte mich weniger. Ich in Straßburg, ich war froh, es nicht versucht zu haben. Was hätte ich tun sollen, den Liebhaber schlagen? Lange hörte ich der Unterhaltung zweier junger Männer zu, die ungefähr jeden Satz, den sie sagten, mit dem Wort *ehrlich* abschlossen. Endlich, als die Rechnung vor mir lag, durchzuckte mich die Erkenntnis, daß ich kein Geld mitgenommen hatte. Vergessen; als bedeute meine Niederlage im Börsengeschäft, daß ich in eine Welt des archaischen Tauschhandels zurückgefallen sei. Dabei hatte ich natürlich ein privates Konto, bei der Deutschen Bank, auf dem noch ein paar hundert Mark lagen. Der Wirt (er tauchte Biergläser ins Waschwasser) sah nicht so aus, als würde er meine Armbanduhr als Zahlungsmittel akzeptieren wollen. Eine Weile saß ich wie betäubt, bis etwas in mir drin zu knistern begann, im Hirn zuerst und dann in meiner Jackentasche, und als ich hineinfaßte, hielt ich Jimmys Geldpaket in der Hand, das ich Herrn Grandhomme in Marseille übergeben sollte. Ich hatte Nein gesagt und es trotzdem eingesteckt. Riß den Umschlag auf und sah hinein. Keine Fünfmarkscheine. Ein fingerdicker Packen, und alles Tausender.

Ich wunderte mich ein bißchen, daß der Wirt das Geld völlig kommentarlos entgegennahm (ich hatte zu einer entschuldigenden Erklärung angesetzt), und steckte das Wechselgeld nicht in den Briefumschlag zurück, sondern in die Hosentasche. Fragte mich, wieviel Jimmy von meiner Pleite wußte; daß der grauenhafte Horst alle meine Unterlagen hatte? Natürlich kannte er ihn. Ich hatte sie sogar schon zusammen Bier trinken sehen. Aber ich konnte mir nicht vorstellen, daß er ihm zutraute, eine Aktie von einem Lottoschein unterscheiden zu können.

Gegen Mitternacht erst ging ich nach Hause. Ein voller Mond, der mir folgte. Während ich die Wohnungstür aufschloß, hoffte ich, Johanna vorzufinden, schlafend wie ein unschuldig Kind. Aber natürlich war mein Bett leer, zerwühlt von der letzten Nacht. Ich legte mich hinein und starrte auf den grünen Widerschein der Straßenlampe auf der Decke. Lange. Dann stand ich auf, wählte Johannas Nummer, und als sich nach einem langen Klingeln die verschlafene Stimme meiner Schwester meldete, legte ich den Hörer sanft auf die Gabel zurück. Aß einen Apfel und ein Stück Schokolade und hoffte, daß mich ihr Kindergeschmack ruhig machte. Irgendwann schlief ich dann auch wirklich ein.

5

Ich wachte spät auf, ausgeruht und ohne Kopfschmerzen, trank am Küchentisch sitzend Kaffee und las die Rundschau, die meiner Nachbarin gehörte und frühmorgens vom Träger auf die unterste Treppenstufe gelegt wurde. Die Welt das übliche: Hühnereier waren als todbringend entlarvt worden, und eine Abgaswolke war aus den USA unterwegs rund um den Erdball und machte das Atmen im Himalaya zur Qual. Ich faltete die Zeitung wieder so manierlich zusammen wie ichs nur konnte und klemmte sie der Nachbarin in den Türspalt. Sie war eine Lehrerin und hatte einen sechzehnjährigen Sohn, der sie zuweilen besuchen kam und mit Rollschuhen an den Füßen die drei Etagen hochstieg. Abwärts dito; selbst durch die geschlossene Tür waren seine Schritte unverwechselbar, und mit einer Mischung aus Hoffnung und Angst wartete ich jedesmal darauf, ihn plötzlich jeden Halt verlieren zu hören; weg wäre er wie Jerry Lewis in seinen besten Zeiten. Die Nachbarin, seine Mutter, hatte sonst nie Besuch und übte jeden Abend Gitarre, zwei Akkorde seit zwei Jahren; zuweilen wünschte ich ihr und mir doch etwas anderes. Ich ging in die Wohnung zurück, nachdem ich mit einem Filzstift DANKE auf die Zeitung gekritzelt hatte, aber der Anblick des geplünderten Schreibtischs deprimierte mich so, daß ich meinen Nadelstreifenanzug aus dem Schrank holte und gleich darauf die Wohnung verließ, für die ich sehr bald die Miete nicht mehr bezahlen können würde. Was dann? Ich wußte noch nicht einmal, ob bankrotte Spekulanten vom Arbeitsamt etwas bekamen.

Wieder dieses unglaubliche Wetter, das mir langsam wie der Spott des Herrn vorkam. Ich ging durch den Rothschildpark bis zu meiner Bankfiliale am Opernplatz, wo mir eine klinisch hübsche Frau mitteilte, mein Konto sei leider gesperrt, sie bedaure sehr, ja, nach dem Bankhilfeabkommen von 1977 habe die BfG gestern abend den gesamten Betrag abgezogen. Auf Wiedersehen. Ich ging, nun ziemlich wütend, bis zur Hauptwache, trank einen Espresso an der Theke einer Eisdiele, stieg dann zur U-Bahn hinunter und fuhr zwei Stationen weit. Eigentlich hätte ich auch zu Fuß gehen können (Johannas Wohnung lag gar nicht an der U-Bahn), aber ich sehnte mich nach etwas Weltstädtischem. Ging durch stille Straßen mit grünen Vorgärten und versuchte, mit meinem Körper in der Nähe meines Herzens zu bleiben, das sich nicht entscheiden konnte, ob es stehenbleiben oder hektische Sprünge machen wollte. Auch Johannas Haus grün und still. Als ich klingelte, ging oben ein Fenster auf (das Herz blieb stehen), und der Kopf meiner Schwester wurde sichtbar, in ein weißes Tuch gehüllt, wie früher wenn man Zahnweh hatte. Es stellte sich heraus, daß es Mumps war; im Krankenhaus aufgelesen; meine Schwester war bester Laune und fegte wie eine Gesunde durch die Wohnung und zeigte mir neue Bilder, die sie gemalt hatte; mindestens ein Dutzend; eins ein Selbstporträt in einer viel zu großen Jacke, die ihrem (unserm) Vater gehört hatte. Dann fragte sie, wo Johanna sei, und während sie fragte, dämmerte ihr die Antwort, und sie legte die Leinwände weg und sagte, ach du Schicksal, jetzt verstehe sie. Nein, Johanna habe sich nie gezeigt. Ihr sei auch einmal sowas passiert, ein viel älterer Mann, er habe sie monatelang mit seiner Leidenschaft bestürmt, und als sie ihm nachgegeben habe, nun ihrerseits in ihn verschossen, sei er plötzlich wieder mit seiner Tochter ins Kino gegangen. Wir lächelten uns traurig an, zwei Nebenrollen in einem Liebesdrama, denen der Autor keinen Text geschrieben hatte. Dann tranken wir Tee und sprachen von ihren Bildern (ich sagte auch, ich wolle mir jetzt dann einmal eine Art hohes Lied ausdenken), und endlich stand ich auf, wünschte ihr gute Besserung und ging. Als ich unten aus dem Haus trat, war sie wieder am Fenster und winkte. Ich dachte, daß die alten Ägypter ihre Schwestern geheiratet hatten und daß das nicht die schlechteste Lösung gewesen war.

Es war Zeit für Horst geworden. Wie um ihn nicht zu vergessen, hielt ich schon die ganze Zeit seine Visitenkarte umkrallt, so daß ich die Adresse kaum mehr lesen konnte. Er wohnte in Kronberg und hatte sein Büro am Holzhausenpark; beste Adressen. Am

Gartentor ein goldschimmerndes Schild *[Unternehmensberatung],* das er vermutlich jeden Morgen, bevor er sein Reich betrat, mit einem Lappen polierte. Ich klingelte. Eine Stimme schnarrte aus der Gegensprechanlage, ich nannte meinen Namen, der Summer summte, und ich war auf dem Weg durch einen großen Vorgarten voller Obstbäume und Dahlien, einen Park eher, zu einer Haustür, die sich automatisch öffnete, als ich nach der Klinke greifen wollte. In einem Flur mit einem braunen Spannteppich erwartete mich eine junge Frau; auch sie braun. *Alles* war braun, die Kleiderablage, die Tapete und zwei große kolorierte Stiche, die Pferde mit soldatischen Negern drauf zeigten. Die Frau bat mich, mich einen Augenblick zu gedulden. Eine Besprechung; es werde aber gewiß nicht lange dauern.

Der Raum, in den sie mich einsperrte, war lindgrün. Auf den Tischen Zeitschriften wie beim Zahnarzt, und tatsächlich begann mich gleich das ganze Gebiß zu schmerzen. Wahrscheinlich wollte ich beißen und durfte es nicht. Ich las in einem herumliegenden Faltprospekt, wie man seine Gewinne so anlegt, daß sie in der Bilanz als Verluste auftreten; je nun; dann sah ich mir in einer großformatigen Zeitschrift an, wie prominente Mitbürger wohnten (in griechischer Kargheit mitten in München; altpreußisch in einer neugebauten Burg in Umbrien), und stand schließlich nur noch am Fenster und betrachtete den Garten, ein wucherndes Blumenmeer, von Schmetterlingen durchschaukelt; ein Weiher mit Enten; auf einem frischrasierten Grasquadrat eine Plastik, die wie von Moore aussah oder wirklich von ihm war; immerhin keine weißen Pfauen. Das alles mitten in der Stadt! Endlich ging die Tür auf, und Horst, diese Horrorfigur, kam mit ausgebreiteten Armen auf mich zu. »*Sorry*, mein Lieber, es hat ein bißchen gedauert.« Er geleitete mich in sein Arbeitszimmer, das dem des amerikanischen Präsidenten nachempfunden war; so wie ich mir vorstellte, daß Horst sich das vorstellte. Ein riesiger leerer Schreibtisch mit einer Glasscheibe über dunklem Holz, ein drehbarer Ledersessel, ein olivgrünes Kommunikationspult mit vielen Knöpfen; keinerlei Akten, dafür überall Tonfiguren und Holzmasken, die irgendwie aztekisch aussahen. Direkt vor mir ein Inkagott aus Stein mit einem fetten Bauch und augenlosem Gesicht. Da wo die Flagge hätte sein müssen das Porträt eines strengen ältern Herrn, der meinem ersten Geldgeber glich, dem toten Erfinder, nur daß der stets schmuddelige Pullover getragen hatte und nicht einen Bratenrock wie der Herr auf dem Bild. Wahrscheinlich hoffte Horst, jemand würde ihn für seinen Vater halten. Aber wie sollte dieser würdige Bürger so einen Grottenolm gezeugt haben können?

»Sonjaschatz«, Horsts Gesicht flüsterte über der Sprechanlage, »bringst du die Akte rüber, bitte?« Er hob den Kopf und sah mich strahlend an. »Das sieht aber gar nicht gut aus, mein Lieber. Was ist uns da nur passiert?«

Die junge Frau von vorhin brachte einen Ordner und

legte ihn vor Horst hin wie eine Opfergabe. Sie war wirklich braungebrannt (vielleicht schrieb sie Horsts Briefe unter einer Höhensonne?) und trug jetzt plötzlich eine senfgelbe Bluse (zog sie sich jedesmal um, wenn nach ihr verlangt wurde?). Horst lächelte sie an – »Danke, das wärs« –, setzte sich seine Hornbrille auf, das Signal, daß es ernst wurde, blätterte in den Papieren, ohne etwas Bestimmtes zu suchen, schüttelte den Kopf, klappte den Ordner wieder zu, nahm die Brille ab, strich mit der Hand über die Stirn und sagte: »Arglistige Täuschung Ihrer Klienten in Tateinheit mit der Erschleichung überhöhter Kredite. Was konnte ich anderes tun? Ich habe Strafanzeige gestellt.« Er versuchte, bekümmert auszusehen, und konnte nicht verhindern, daß, während seine ganze Haltung tiefsten Schmerz ausdrückte, sein Mund mit einem pfeifenden Geräusch losgrinste. Er versuchte es in einem Husten zu ersticken. Tränen kamen ihm. Mir auch; ich wollte auch sonst ein Spiegelbild seiner Gefühle sein und zwang mir ein frohes Lachen ab.

»Was bedeutet das?«

»Zwei Jahre Gefängnis.« Er hatte sein Gesicht wieder unter Kontrolle. »Unbedingt, wenn Arglist unterstellt wird; bedingt, wenn die Richter Ihnen glauben, daß Sie das Geld nur mutwillig vertan haben.«

»Mutwillig«, sagte ich.

»Das sind Fachtermini.« Er sprach jetzt wie ein Professor; ich ein Depp. »Im übrigen, wäre ich der Richter, ich würde auf Arglist erkennen.« Er nahm ein

Papier aus dem Ordner und warf es mir hin. Mein Kupferberg am Yukon. »Das behalten Sie mal. Das soll ja wohl eher ein Witz sein?« Er drückte einen Knopf seines Kommunikationsdings, erhob sich, strotzend vor Lebensfreude, ging zur Tür, öffnete sie und wies mit einer herzlichen Geste darauf. So wie ein Ausbilder seinen Zögling zum ersten Fallschirmabsprung auffordert, und der hat gar keinen Fallschirm. Ich dackelte zu ihm hin (auch im Schutz seiner eigenen vier Wände sah er entsetzlich aus, ein Streuselkuchen), blieb vor ihm stehen und sagte: »Was nun?«

»Nun?« Er sah mich erstaunt an. »Die Staatsanwaltschaft entscheidet in den nächsten Tagen darüber, ob sie Sie in Untersuchungshaft setzt. Dann gibts den Prozeß.«

Ziemlich benommen taumelte ich über die Spannteppiche des Korridors zur Haustür, die ganz allein summte als sähe sie mich kommen. Von der braungebrannten Frau keine Spur. Ich stolperte in die Sonne hinaus, in einen Schwall herrlicher Blumendüfte. Der Gartenmauer entlang jagten sich zwei kleine Hunde. Der Plattenweg nun voller zerquetschter Birnen, um die Wespen surrten. Also doch Wespen!

Ich ging durch den Holzhausenpark (friedliche alte Leute, Mütter, spielende Kinder) bis zu einer Telefonkabine, von der aus ich Jimmy anrief. Er hob fast sofort ab. Er war einer von denen, die, wenn sie angerufen werden, nicht ihren Namen nennen, sondern in den Hörer knurren als sei jeder Anruf sowieso eine Unverschämtheit. »Ich bins«, sagte ich. Ich wollte ihn fragen, ob er mir helfen könne; die BfG hinhalten; Horst einschüchtern.

»Was machst du noch hier?« bellte er. »Warum bist du nicht in Marseille?«

»Kaufst *du* meine Papiere?«

»Nein.«

»Aber mit Horst, könntest du mit Horst...?«

»Nein.«

»Kann ich bei dir vorbeikommen?«

»Nein.«

Aufgehängt. Mit meinen buchstäblich letzten beiden Groschen wählte ich seine Nummer nochmals, aber er hob nicht mehr ab. Mir kam in den Sinn, daß die Handelskammer keinen Börsenmann ohne Adresse registrierte, und da ich immerhin auch noch einer war, wenn auch ein glückloser, rief ich im Sekretariat an, nannte meinen Namen und bekam tatsächlich, ohne die geringsten Schwierigkeiten, Jimmys Adresse. Kaiserstraße 110.

Das Haus war ein hoher grauer Kasten aus der Gründerzeit, ein vergammeltes Labyrinth voller Türen, Winkel und Lichthöfe, in dessen Erdgeschoß eine Firma für Stützkorsetts und Krücken war. Kein Lift, dafür eine breite flache Herrschaftstreppe. In den ersten beiden Etagen Büros von obskuren Firmen, von denen ich nicht gedacht hätte, daß es sowas im reichen Frankfurt der achtziger Jahre noch gab. Vermittler von Pilgerreisen nach Mekka. Ein Katzenfellkontor. Einer, der mit alten Banknoten handelte. Namen wie Ferenci, Habib und Battistolo. Jimmy wohnte im dritten Stock, und ich war noch weit unten auf der Treppe, als ich ihn schon hörte. Als ob in seiner Wohnung eine moderne Oper gegeben würde, von einem Verdi des zwanzigsten Jahrhunderts, und ich geriet gerade ins Finale. Jimmys strahlender Tenor, dazwischen die spitzen Höhen eines dramatischen Soprans, und nur hie und da die Schluchzer einer mehr lyrischen Frauenstimme, die die ertappte Liebhaberin sein mochte. Eine wuchtige Orchestrierung, Pauken und Trommeln, die, als ich dann vor der Wohnungstür stand, wohl eher Möbel waren, die zu Bruch gingen. Ein tobender Streit. Ich preßte mein Auge gegen den Spion in der Tür; aber dessen Sehrichtung war natürlich andersherum gedacht; so daß ich das Gefühl hatte, in mein eigenes Inneres zu blicken, in ein wirbelndes Chaos aus flimmerndem Licht, aus dem die Stimmen herausschrieen. Nur drei Tode konnten diese Verwirrung der Gefühle beenden. Die Not in mir, die die Not außer mir war, wurde plötzlich so bedrängend, daß ich selber auch schrie. Und sofort wurde es ganz ruhig im Innern der Wohnung. Allenfalls ein Tuscheln und Huschen hinter der Tür. Als ich nochmals durch den Spion lugte, sah ich nicht mehr in sirrendes Licht, sondern in ein gewaltiges Auge, das mich anstarrte wie das eines Wals. Ich sein Plankton. Ich fuhr zurück und rannte die Treppe hinab, auf die Straße, wo mein Schwung von schlendernden Passanten gebremst wurde, die mich gereizt ansahen. Einer schimpfte laut hinter mir drein. Zu Hause (immer noch keuchend) packte ich Kleider, Waschzeug, Pyjama in eine Segeltuchtasche, und ein Buch, das mir Johanna geschenkt hatte, die moderne Transkription eines uralten Textes, den die Araber nach Spanien mitgebracht hatten und der die Geschichte von Adam, Eva und der Schlange in einer andern Version beschrieb, nämlich, Eva und die Schlange taten sich zusammen und jagten Adam aus dem Paradies, das in der Geschichte eine Oase war, umgeben von einer wasserlosen Wüste. Ich sah mich nochmals in der Wohnung um und ging. Acht Jahre lang hatte ich in ihr gelebt. Lust und Leid. Nun verließ ich sie ohne ein Gefühl. Unten schaute ich durch den Schlitz des Briefkastens (er war voll), öffnete ihn aber nicht, weil eine Vorladung des Staatsanwalts drin sein konnte. Phantasierte sogar, Polizeibeamte warteten bei meinem Auto. Natürlich stand dieses brav und harmlos da wie immer. Ich stieg ein und fuhr los.

6

Die erste Etappe war nicht lange. Ertrinkende greifen ohne nachzudenken nach jedem Strohhalm, vielleicht, weil sie sich wohlgelittener wähnen, wenn sie nicht mit leeren Händen an die Himmelspforte klopfen. Ich fuhr, Marseille im Rücken, nach Bad Vilbel, zum Haus meiner Mutter, einer altgewordenen Villa in einem zugewucherten Garten, die einer Pfarrerswitwe gehörte, die nur Gottes Güte im Munde führte und vor der meine Mutter zitterte. Die beiden Frauen waren zusammen zur Schule gegangen und trieben ihr Spiel (das Anbieten der Kehle zum tödlichen Biß, das Zeigen der Giftzähne ohne Ernst zu machen) seit so etwas wie fünfzig Jahren. Die Zeit hatte dem Verhältnis nichts von seiner Erregung genommen. Monatelang blieb die Pfarrerswitwe weg, wiegte meine Mutter in einer Sicherheit, der diese natürlich nicht traute, und stand dann plötzlich in der Abenddämmerung da und fällte den Kirschbaum. Oder malte einen Fensterflügel gelb an und ließ den andern grün. Es war ja ihr Haus. Sie *konnte* es sich verbitten, daß die Mülleimer schon vor Anbruch der Nacht auf die Straße gestellt wurden; denn wenn der Herr auch nichts über die Häßlichkeit von Mülleimern gesagt hat, so fühlte sich seine Dienerin doch ganz mit ihm im Einklang, wenn sie den Müll und die ihn umschließenden Eimer für das Schrecklichste dieser Erde hielt.

Meine Mutter (ich glaube, in meiner Verwirrung hoffte ich, sie helfe mir aus der Patsche) öffnete die Tür ihrer Lottervilla wie eine, deren Mädchen gerade heute Ausgang hat. Aber ihre Freude, mich so unerwartet dastehen zu sehen, war ungespielt. Wir küßten uns, und sie führte mich, von den neuesten Taten der Pfarrerin erzählend, in den Salon, wo ich mich an den Spitzendeckentisch setzen mußte, während sie in die Küche hüpfte, um Tee zu machen. Durch die offene Tür rief sie mir die Fortsetzung der Geschichte zu: ihre Feindin, die sie stets *Fräulein* Pfarrer nannte, obwohl diese über Jahrzehnte einen Mann gehabt hatte, hatte, ohne sie zu fragen, den obersten Stock des Hauses an die bekennende Kirche vermietet, deren Mitglieder nun an drei Abenden der Woche beteten und bekannten. Zwar ging meine Mutter seit Jahren kaum mehr dort hinauf (ganz früher hatte ich da mein Zimmer gehabt), aber ihre Wäsche war dort und der Gerümpel eines Lebens: antike Kinderfahrräder und staubige Ölbilder unbekannter Ahnen, von denen meine Mutter sagte, sie seien sehr wertvoll, niemals aber den Mut gefunden hatte, das nachprüfen zu lassen. Dann kam sie mit dem Tee, und wir saßen uns an ihrem zierlichen Tischchen gegenüber, rührten mit schaufelgroßen Löffeln in Kaufhauspötten wie mit Silber in Meißner Porzellan, sprachen von der vielen Gartenarbeit in diesem Jahr und von einer Cousine, die vor der Krise nach London geflohen war, wo sie in einem Lokal in Soho *fish and chips* kochte. Meine Mutter sprach von der Krise wie von einem Damoklesschwert, das über ganz andern hing. Dabei lebte sie von Luft und Liebe; von Luft hauptsächlich, denn ich vergaß sie zuweilen. Schickte ihr allerdings jeden Monat zweihundert Mark, für die sie sich dann bedankte wie für eine immerneue Überraschung. Nur mit Lebensnot durfte Geld nichts zu tun haben. Mir wurde jäh klar, daß es mit diesen Überweisungen auch Essig war. Aber, anders als bei den alten Damen, kam und kam ich nicht zum Thema, dessentwillen ich hierher gefahren war, trank noch einen Tee und noch einen, und schließlich (wir sprachen gerade davon, daß in den Nachbarsvillen ständig eingebrochen wurde und was sie machen solle, wenn einmal einer zu ihr komme) knirschte ein Schlüssel im Haustürschloß, und das Fräulein Pfarrer stand im Flur, schaute auch gleich völlig ungeniert in den Salon herein und fragte mit der Süße einer Hornisse, die für eine Honigbiene gehalten werden möchte, ob der Einkaufskorb eigentlich ewig im Entree stehen bleiben solle. Meine Mutter war aufgesprungen als habe man sie bei einer Todsünde ertappt. Nein, nein, natürlich nicht. Ich begrüßte die Pfarrerin (seltsamerweise kam ich mit ihr ganz gut aus; wir machten zuweilen sogar so etwas wie Witze miteinander), und nachdem ich ihren Hund gestreichelt hatte, den fünfundzwanzigsten in einer Reihe von ähnlichen, die alle Lupsi, Pupsi oder dann wieder Schnupsi hießen, küßte ich meine Mutter auf die Wange. Sie nahm mich nicht mehr wahr, unter dem Medusenblick des Pfarrfräuleins erstarrt. Am Gartentor sah ich zurück; meine Mutter faltete gerade, während die Hausbesitzerin auf sie einzischte, die Hände wie zu einem Gebet. Ich hatte das Gefühl, ich würde sie nie mehr sehen, und das sei das Abschiedsbild. Mutter, nach einem ganzen Leben, alt geworden, ein Vorwurf aus einem Herrschaftsmund war immer noch stärker als ein Schmerz des Sohns. Als ich zur Autobahn zurückrollte, hatte ich nasse Augen; aber bald sah ich wieder gut und fuhr Marseille entgegen, das da irgendwo hinter dem Horizont verborgen war, den die untergehende Sonne anleuchtete. Die Bäume warfen lange Schattenbalken. Ich war nicht müde. War immer gern in der Nacht gefahren, wo ich nur ein schmales helles Straßenstück vor mir sah, und rechts und links eine dunkle Welt, die mich nicht lockte.

Nach der Grenze (ich nahm einen Übergang in der Nähe von Mülhausen) wurden die Straßen leer; nur noch hie und da ein Lastwagen. Alleen durch abgemähte Getreidefelder, Bauerndörfer, zuweilen Städtchen mit hinter alten Mauern zusammengedrängten Häusern, lichtlosen Gasthöfen auch, und es konnte ja sein, daß in einem von ihnen Johanna auf ihrem Liebhaber ritt, auch sie auf dem Weg nach Süden, und der Widerschein meines Scheinwerfers ihr Gesicht im Augenblick der Ekstase streifte. Aber bald war das vergessen, ich wurde nahezu übermütig und schnitt die

Kurven einer Straße, die zwischen Pappeln über einen Hügel nach dem andern glitt. Ein Befreiungsrausch. Der Mond war auch wieder da und tauchte alles in ein so sanftes Blau, daß ich einmal die Scheinwerfer ausschaltete und verzückt durch eine Märchenwelt fuhr. Ich sang alle Schlager meiner Kindertage; und irgendwann einmal, lange hinter Belfort, fing ich an, im Kopf die Bibel neu zu schreiben. Nur so. Begann vorn und staunte, wie genau ich mich an die Worte der Propheten erinnerte. Manchmal dachte ich stumm vor mich hin (die Markierungsstriche fegten unter mir weg als fresse das Auto sie), dann wieder sprach ich laut; grölte. In einem fahrenden Auto darf man alles. Schon mein Vater wäre gern ein Prophet geworden, warum sollte ich nicht einer *sein*? Bis Dijon jedenfalls hatte ich die Schöpfung beisammen, und in Beaune war ich mit der Sintflut fertig. Ich hielt auf einem großen Platz und ging auf und ab, wusch Gesicht und Hände in einem sprudelnden Brunnen und dachte, tatsächlich hätte ich gern die Juden in ein gelobtes Land geführt, über Sand und Steine, und würde es noch lieber heute mit meinen Mitbürgern tun, sechzig Millionen Auswanderer im Schlepptau.

Inzwischen war ich über Lyon hinaus, irgendwo in der Gegend von Valence. Der Himmel war noch weiter geworden, auf ihm (gestochen scharf zu lesen) die göttliche Niederschrift jener Melodie, die die Astronomen noch immer nicht singen können. Jetzt, gegen Morgen, waren die Straßen wieder voller. Obsttransporter mit aufgeblendeten Scheinwerfern; alle Früchte Frankreichs schienen nach Marseille zu müssen. Ich näherte mich Orange, als die Sonne aufging. Es kann sein, daß ich zuvor einige Kilometer schlafend gefahren war: dieses unglaubliche Strahlen weckte mich sofort. Glühende Häuser zwischen Reben und Steinmauern. Überall Männer mit Hacken auf den Schultern; Hunde; Esel sogar; Autos, die hier viel altmodischer waren als bei uns im Norden; die Kennzeichen mit Kreide angeschrieben. Sogar noch jene Peugeots, deren Scheinwerfer unter dem Kühlergrill sind. Ich hielt in der Nähe des steinernen Bogens, der irgendeinen römischen Triumph feiert, und trank (ein Kellner stellte gerade die Stühle aufs Trottoir) einen Kaffee. Croissants und Brioches. In meinem Kopf rumorten immer noch der Prophet und der Motor. Gruppen junger Mädchen in schwarzen Schürzen gingen zur Schule. Schon jetzt, am frühen Morgen, war es warm. Ein Hund schnüffelte an meinen Schuhen, und der Wirt schüttete so schwungvoll einen Eimer Wasser aus der Tür seiner Bar, daß der Hund und auch meine Beine naß wurden; der Wirt hatte es aber nicht so gemeint. Über die Schulter eines alten Manns hinweg las ich ein bißchen in dessen Zeitung; andere Probleme als wir sie hatten. Waldbrände, viel Fußball. Als ich bezahlen wollte, zeigte sich wieder mein plötzlich gestörtes Verhältnis zum Geld. Ich hatte nicht *einen* französischen Franc. Zum Glück war eine Bank gleich gegenüber schon offen, und der Wirt ließ mich ziehen, ohne jede Sorge, ich könnte nicht zurückkommen. Ich wechselte den Rest des Gelds, das ich aus Jimmys Briefumschlag genommen hatte, minus das, was ich fürs Benzin verbraucht hatte, bezahlte mein Frühstück und setzte mich ans Steuer. Meine Nervenenden waren erregt; innen war ich um so müder. Fuhr in einer Fata Morgana, in der es mir immer gleichgültiger wurde, was wirklich war und was Schein.

7

In Marseille ließ ich mich von den einheimischen Autos zum alten Hafen schwemmen, bremste brüsk (plötzlich wach), als Europa aufhörte, und wankte ins erstbeste Hotel. Eine alte Frau hinter einer Art Kinokasse. Für wie lange ich das Zimmer wolle?, allein? Aber dann war es ihr ganz egal, daß ich nur schlafen wollte. Das Zimmer war sauber und angenehm, ein breites Bett und ein Waschbecken. Ich zog mich aus und schlief, bevor mein Körper das Leintuch erreicht hatte.

Stunden später wachte ich auf (Geschrei draußen, Schiffstuten, mörderisch laute Lastautos) und war so benommen, daß ich lange nicht wußte, was mit mir los war. Bewegungslos lag ich auf dem Rücken und versuchte, einen beliebigen Teil der wirklichen Welt zu fassen zu kriegen. Lange Sekunden lang. Dann war mir jäh alles klar, ich sprang auf die Füße und stieß die Fensterläden auf. Eine heiße Sonne. Unter mir der Hafen, nebeneinander vertäute Boote in einem schmutzigbraunen Wasser, tuckernde Schiffchen auf dem Weg zu fernen Molen. Öl glitzerte. Ganz weit draußen ein riesiges Schiff ganz aus Rost. Auf dem Trottoir unter mir wimmelnde Menschen zwischen Verkaufsständen voller Fische. Klar, ich war in der

Heimat der Bouillabaisse, nur daß ich keine Ferien hatte, sondern eine Art Arbeit, die mir fünftausend Mark einbrachte; und seufzend machte ich mich auf den Weg die vielen Treppen hinab, auf denen ich Paaren auf dem Weg nach oben begegnete, voraus die Frau, hinter ihr stets ein stummer Mann, gefangen in ihrem Netz, in das er unbedingt hineingewollt hatte. Keiner schaute mich an; es war *vorher*, und ich sah aus wie *nachher*. Bei der alten Frau, gleich neben ihrem Kassenhäuschen, stand ein Telefon. Ich suchte die Nummer von Herrn Grandhomme, fand sie auch sofort und sprach mit einer verschüchterten Frau, die sagte, ja, nein, Albert sei nicht da, aber unter der und der Nummer zu erreichen. Ich wählte erneut und war verblüfft, daß sich die IBM France meldete. Monsieur Grandhomme war da. Noch eine Sekretärin, und dann hatte ich ihn am Apparat.

»Bitte?«

Er sprach wie ein in die falsche Sprache verschlagener preußischer Offizier, und als er merkte, wer ich war, wurde er noch wortkarger; knurrige *Ouis* und *Nons*; unterbrach mich bald und murmelte, er wünsche mich heute abend um sechs in einem Lokal namens Oasis zu treffen; ich hätte ja wohl alles bei mir. Klack. Ich stand etwas ratlos im Hoteleingang, von der alten Frau ohne besonderes Mißtrauen beobachtet, und dachte, daß ich ja eben nicht mehr *alles* bei mir hatte. Mindestens einen nicht zerrissenen Briefumschlag brauchte ich. Ich reservierte das Zimmer für die nächste Nacht und bekam dann auch einen Briefumschlag, den die Frau unter Stöhnen, als sei das eine schmerzhafte Anstrengung, aus einer Schublade hervorkramte. *»Merci.«* Ich schlenderte in die Sonne hinaus, aß an einem wackligen Trottoirtischchen ein Sandwich, ein ganzes Brot eigentlich eher, in zwei Teile geschnitten und mit Butter und Wurst wieder verleimt. Als niemand zu mir hersah, packte ich das Geld um (neunundzwanzig Tausender) und klebte den Umschlag zu. Dann saß ich da und dachte, etwas wehmütig, daß der Volksmund recht hatte, denn auch ich hatte nicht in der Schule französisch gelernt, sondern just hier in Marseille, vor etwa fünfzehn Jahren, als ich mich so sehr in eine *fille au pair* verliebt hatte (sie hätte in Bad Vilbel deutsch lernen sollen, bei unsern Nachbarn, reichen alten Nazis), daß ich ihr in ihre Heimat nachreiste; hierher. Dort, an der Mole, hatten wir uns geküßt. Nach einem halben Jahr konnte ich französisch, und die *fille au pair* nahm sich einen andern, einen angehenden Berufsoffizier mit einem Motorrad, und ich, nachdem ich eine Woche lang getobt und geweint hatte, fuhr nach Hause. Sicher war sie jetzt eine Mama mit Kindern, und ihr Mann ein General.

Es war Zeit geworden, das Oasis zu suchen. Ich hatte mir eine lange Fragerei vorgestellt, aber ich fand es sofort, ganz in der Nähe, in einem Neubau, der so neu war, daß der Bauschutt noch vor der Tür herumlag. Gerüstbretter, Zementsäcke, Röhrenreste. Ich stieg, obwohl ich zu früh war, eine steile Kellertreppe hinab, einem grün blinkenden Pfeil nach, und gelangte in eine Bar, einen kleinen Raum in rotem Schummerlicht, mit kleinen Tischen zwischen Holzwändchen, völlig leer bis auf ein Paar, das zu einer fast rhythmuslosen Musik aus unsichtbaren Lautsprechern ineinander vergossen tanzte als seis längst Mitternacht. Ein nicht mehr ganz junger Mann mit einem Schnurrbart, in einem Matrosen-T-Shirt, und eine blonde Frau, frisch entflammt; auch sie kein Kind mehr, in ihn schmelzend. Er angesichts dieser bedingungslosen Hingabe fast ein bißchen geniert. Ich ging ein paar Holzstufen ins Lokal hinab, setzte mich an einen Tisch und sah den beiden zu, wie ihre Bewegungen immer kleiner wurden, fast unsichtbare Zeitlupenschrittchen, bis sie nur noch aneinandergepreßt standen, atemlos, und eine Fliege hätte genügt, sie unter den nächsten Tisch zu wehen. Als es nahe daran war, auch ohne Fliege zu passieren, fegte in unsinniger Eile ein Kellner aus einer Tür heraus und rief mit seinem Gerumpel die Verliebten zur Besinnung. Sie sahen sich um und lachten und setzten sich an einen Tisch, auf dem zwei Colagläser standen. Ich bestellte einen Pastis. Hinter dem saß ich und wartete, bis die Tür aufging und ein korrekt gekleideter Mann sichtbar wurde, weder jung noch alt, der das Lokal musterte wie ein in den Lüften erstarrter Adler eine Lämmerherde und sich dann die Stufen herab auf mich stürzte. Monsieur Grandhomme. Er war erregt und brüllte mit einer nahezu tonlosen Stimme, wer ums Himmelswillen mir gesagt habe, in der Firma anzurufen?, so leise, daß ich mein Ohr zu ihm hinneigen mußte, um ihn zu verstehen. »Wahnsinn!« Ich sagte, seine Frau, und er wurde sofort ganz ruhig, müde fast, strich sich mit beiden Händen über die Stirn und die Haare und nickte so lange, bis ich es auch tat, Komplize eines Schmerzes, den ich nicht kannte. Dann beugte er sich wieder zu meinem Ohr vor und murmelte, es gebe da eine gewisse Schwierigkeit.

»Nämlich?«

»Ich habe nur unsern Code«, flüsterte er. »Entgegen den Informationen, die ich Ihrem Chef gegeben habe« – Jimmy mein Chef! – »habe ich den von Fujitsu nicht. Er braucht natürlich beide.«

»Natürlich«, sagte ich. »Dann ist das, was Sie mir hier anbieten, überhaupt nichts wert?«

»Oh«, rief er so laut, daß die beiden Verliebten sich nach uns umsahen. »Doch. Natürlich. Ich weiß, wer den Fujitsu-Code hat.« Er sah mich mit Augen an, die wie ein elektronischer Flipperapparat flackerten. Auch die ineinander verknoteten Finger widersprachen dem Bild des gelassenen Geschäftsmanns, das mindestens seine Kleidung zu erwecken versuchte. Er rief den Kellner und bestellte einen Kir. Ich hob mein Pastisglas und deutete darauf; noch einen.

»Und jetzt?« sagte ich dann.

»Hier ist der Code.« Er zeigte mir einen Briefumschlag, der so sehr dem meinen glich, daß ich mich fragte, ob er auch in meinem Stundenhotel wohnte. »Sie geben mir das Geld.«

»Ich gebe Ihnen die Hälfte«, sagte ich in einer plötzlichen Inspiration. »Und Sie sagen mir, wo ich die andre Hälfte der Information herbekomme.«

Erstaunlicherweise nickte er, als hätte ich genau das gesagt, was er erwartet hatte. Die Verliebten ertranken längst wieder in ihren Augen, und der Kellner saß in seinem Versteck. Ich riß meinen Briefumschlag auf, zählte fünfzehn Tausender ab und schob sie über den Tisch. Monsieur Grandhomme wurde rot, wirklich rot wie ein mit dem Playboy überraschter Junge, verbarg das Geld in seinem Sakko und gab mir seinen Brief. Als ich ihn umdrehte, war mit Bleistift eine Art Plan darauf gezeichnet. Ich sah Monsieur Grandhomme fragend an.

»Morgen abend«, murmelte er. »An der Straße zwischen Cavaillon und Gordes. Kurz vor Gordes ist eine Mauer mit rot bemalten Steinen. Der Rest ist hier gezeichnet. Um sechs.«

Er stand auf, gab mir die Hand (naß, teigig) und floh die Stufen hinauf; kein Adler mehr. Oder war das sein Trick, den Kir nicht bezahlen zu müssen? Ich schob den Briefumschlag in die Tasche, rief nach dem Kellner (er kam wieder sinnlos hektisch aus seiner Tür geschossen) und bezahlte. Nickte den Liebenden zu und war nicht beleidigt, als sie mich nicht sahen. Sie waren glücklich. Die Sonne drehte sich für sie um die Erde. Daß ich in ihren Strahlen fror, kümmerte sie nicht. Jeder nimmt dieses Geglüh da oben anders wahr. Den Azteken war die Sonne das Auge des mächtigsten ihrer

Götter; der Mond das seiner kleinen Frau; diese, anders als ihr wilder Mann, schlief zuweilen ein und wurde blind, und dann (nur dann) taten die Azteken, was sie wollten. Auch ihre Götter verboten alles. Gibt es irgendwo Herren, die sich *freuen,* wenn ihre Augen etwas sehen, was ihnen selbst verwehrt ist?

Vor dem Oasis schien nun allerdings keine Sonne mehr, kein Mond auch und keine Sterne, oder wenn (es war dunkel geworden), dann überm Staub über der Stadt. Ich schlenderte zum Hafen zurück und versuchte, mich an Lokale zu erinnern, in denen ich einmal gesessen hatte. Eines hatte es gegeben, das war ganz mit Schneemännern und Eiszapfen ausgemalt gewesen. Aber ich fand mich nicht mehr zurecht; die Stadt bevölkert mit andern Zwanzigjährigen, die jetzt dran waren mit ihrer lauten Unbekümmertheit, und plötzlich fühlte ich mich ein bißchen alt. Das Leben vorbei, obwohl es noch nicht so recht angefangen hatte. Ich hatte auch ganz anderes Zeug als die Jungen an, keine sattsitzenden Hosen jedenfalls und kein über dem Bauchnabel geknotetes Hemd. Die Mädchen, Arm in Arm, sahen alle aus als wollten sie sich heute abend noch verlieben; nur wohl nicht in mich. Schwarzhaarige schmale Schönheiten. Als ich eine Telefonkabine mit internationalen Anschlüssen sah, versuchte ich, Johanna anzurufen, und nach einem langen Hin und Her, bei dem immer erneut alle Münzen aus dem Kasten rasselten, klingelte es endlich. Aber niemand hob ab, nicht einmal meine Schwester. Also ging ich weiter, und als ich zu einem Pornokino kam, kaufte ich ohne zu zögern eine Karte und setzte mich in die vorderste Reihe. Das Kino leer, nur ganz hinten etwa zehn Männer, einer neben dem andern, die so weit weg alle gleich aussahen. Dunkle Gesichter, aufgerissene weiße Augen, Schnurrbärte. Der Film spielte in einem Nonnenkloster, in dem eine vermummte Frau Oberin (unter einer Haube mit Flatterflügeln ein engelhaftes Gesicht) die Popos von Novizinnen peitschte. Plötzlich (auf der Leinwand heulten die Oberin, nun nicht mehr vermummt, und eine kindliche Nonne in einem gemeinsamen Lustschmerz) drängten sich all die Männer, die eben noch weit hinten gesessen hatten, um mich herum; ein stummer Männerklumpen, um mich geschart wie zu einem Gruppenfoto; ich geriet in eine bewegungslose Panik und krallte mich an mein Geld. Aber da ging das Licht an, und eine echte Frau in Fleisch und Blut trat direkt vor meiner Nase an die Bühnenrampe, zog ihre Kleider ohne jeden Kunstanspruch aus und verbeugte sich (das war das einzige, was die Szene von einer alltäglichen unterschied) verkehrt herum, das Gesicht von uns abgewandt; das für den Bruchteil einer Sekunde gelüftete Geheimnis ließ uns aufstöhnen. Kaum war die Frau weg, verzogen sich die Männer wieder nach hinten, und ich sah den zweiten Teil des Films. Bebende Beichtstühle. Später schlenderte ich am Hafen herum, wurde in einer Bar von einem bärtigen Schweden gezeichnet (ich kaufte ihm das Blatt ab, obwohl ich mich nicht erkannte) und ging dann ins Bett. Im Hotel ein Kommen und Gehen, aber ich schlief bald und träumte, ich sei ein Missionar und bekehrte schwarze Frauen; in der Ferne die Männer wie Schattenrisse, mit langen Speeren.

Am nächsten Morgen (erneut eine strahlende Sonne, Johanna wieder nicht zu Hause) fuhr ich, vorbei an riesenhaften Industrieanlagen, in jenen wandernden Sand, in dem ich mit meiner *fille au pair* schon einmal gewesen war, mit dem Fahrrad, und heute wieder stoben wilde Pferde davon und standen Flamingos in Tümpelseen. Meine Freundin hatte damals behauptet, das Stoppelgras wachse so spärlich, daß die Stiere, um nicht zu verhungern, im Galopp weideten; und ich hatte es geglaubt. Wieder fuhr ich, auf immer schmaleren Straßen, durch eine flache Landschaft aus Salz, Sand und grauen Halmen. Seevögel flogen auf und kreisten krächzend über mir. Hie und da eine Holzhütte für die Pferdewächter. Einmal führte die Straße in die Nähe des Meers, und das Land verfloß so übergangslos im Wasser (dieses im Himmel), daß ich nicht näherzugehen wagte; als könnte ich von einem Zauber weggesogen werden. Ich aß in einem primitiven Restaurant, einer Bretterbude eher, deren Wirt mir erzählte, letztes Jahr sei sein Etablissement noch dort gestanden, *dort,* und dort war nun ein See voller Vögel. So sei das hier. Alles sei in Bewegung. Das Land sei möglicherweise in meiner Heimat ein wirkliches Land, so wie das Wasser draußen im Ozean vielleicht ein Wasser sei, hier aber kämpften die Elemente seit Jahrtausenden miteinander. Städte hätten dort draußen gestanden (er deutete weit aufs Meer hinaus), und hier habe er letztes Jahr ein Schiffswrack ausgegraben. Ich nickte zu allem, was er sagte (er erwartete auch keine Antwort) und aß winzigkleine Seeschnecken; trank dazu einen Wein, der ebenfalls salzig schmeckte. Dann schlief ich auf meinem Stuhl ein, und als ich wieder aufwachte, war der Wirt verschwunden. Vor mir meine Brieftasche, aus der er auf den Centime genau das Geld fürs Essen genommen hatte. Ich trat in die Meerluft hinaus (sanfter Wind), ging ein bißchen in den Dünen herum (bis zum Horizont kein Mensch) und fuhr dann weiter. Sofort schweißnaß, weil die Sonne das Auto aufgeheizt hatte. Es war aber angenehm; das Fenster offen, der Ellbogen draußen: fast ein Feriengefühl. Einmal flogen Kraniche oder Störche über mich hinweg; ferne Stiere wie schwarze Kleckse; Schilf, über dem Mückenwolken standen. Dann war ich wieder auf festem Boden, auf brauner Erde mit Reben und Pappeln und Häusern, und fuhr auf einer breiten Straße zwischen abgeernteten Melonenfeldern. Da und dort eine zerdepperte Frucht. Lange Baumreihen, die ein ewiggleicher Wind schräggeweht hatte. Die Häuser leuchteten als hätten ihre Bewohner ein Farbgeheimnis, dem der alten Meister Sienas vergleichbar. Aber vielleicht, wenn man so eine Sonne auf Frankfurt scheinen ließe? Während ich durch diesen ockerfarbenen Garten fuhr, dachte ich, daß er etwas für meine Schwester wäre. Hier *müßte* sie eine Malerin werden, und tatsächlich hatten ja schon Hunderttausende gemalt, was ich jetzt sah.

Hinter einer letzten Reihe krummgeblasener Pinien begann die Straße jäh anzusteigen. Ich fuhr in ein weißes Gebirge hinein, zwischen dessen Felsen Zikaden lärmten. Selbst im Auto duftete der Lavendel. Die Straße eng; eine Kurve nach der andern; Häuser, die kaum mehr von der Felsnatur zu unterscheiden waren. Die Dörfer grau, leer. Hoch oben ein scharf gezeichneter Horizont. Einmal mußte ich halten, weil eine Herde Ziegen über die Straße zog, und kurz vor Gordes kam mir ein Motorroller entgegen, auf dem die Verliebten von gestern saßen. Ich winkte, aber zu spät. So oder so schienen sie allein mit sich beschäftigt, er vorn, irgend etwas in den Fahrtwind schreiend, sie an ihn geklammert mit wehenden Haaren. Dann sah ich die Mauer mit den roten Steinen. Ich stellte das Auto in den Schatten eines Olivenbaums und ging, den Bleistiftplan in der Hand, einen Weg zwischen verfallenden Mauern und Brombeerbüschen hinab. Eidechsen huschten vor mir weg, ein fliehendes Gewimmel. Bald verwandelte sich der Weg in so etwas wie ein Bachbett, und ich kletterte über große Steine. Ein Fahrzeug war da seit Jahren nicht mehr gefahren. Von beiden Seiten wuchsen die Brombeeren immer näher heran (ein insektensurrender Korridor) und hakelten sich an mir fest. Ich ruderte mit den Armen, auch um die Mücken zu verscheuchen. Das kam zwar alles auf dem Plan nicht vor, aber bestimmte Wegzeichen (ein vom Blitz verbrannter Baum, das Skelett eines Mähdreschers, ein zugewuchertes Steinkreuz) zeigten mir, daß ich richtig war. Inzwischen schien die Sonne schräg durch Haselnußsträucher, unter denen es fast dämmrig war. Schlangen, gab es hier Schlangen? Plötzlich stand ich vor einem Tor, einer Lücke jedenfalls in der Mauer, an der ein verrosteter Briefkasten hing. Ein Pfeil auf meinem Plan befahl mir hindurchzutreten. Ich tat es und stand vor einem Steinhaus, das auf der einen Seite (meiner) mit wilden Reben überwuchert war, auf der andern das Land überragte wie ein Felsenkloster. Ein steiler Abgrund. Tief unten die Melonenfelder und Baumreihen, ferner dann das Geflirr der heißen Luft über Cavaillon, und nur noch zu ahnen ein Dunkelblau, das das Meer sein mochte. Kein Mensch weit und breit. Ich rief, aber ich war wohl zu früh. Auch das Haus war ziemlich verfallen, hatte aber eine ganz neue Holztür. Die Türklinke blinkte, als habe sie eben jemand poliert. Hm. Ich setzte mich an den Abgrund und sah auf ein Stück Straße hinab, senkrecht unter mir und so kurz, daß ich kaum die Farbe der vorbeifahrenden Autos erkennen konnte. Einmal trottete ein Schaf vorbei; aber ich war ja kein Adler. Begann zu bedauern, daß ich keine Armbanduhr besaß. Ein Indianer war ich nämlich auch nicht, der mit einem beiläufigen Blick auf die Sonne wußte, wie spät es war. Aber es mußte nun sechs Uhr sein. Ich begann auf dem Steinplatz hin und her zu gehen, und einmal kam ich so nah an der Tür vorbei, daß ich, nur so, mit einer Hand auf die Falle schlug. Sofort stand sie weit offen. Ein dunkler Raum mit einer Feuerstelle, einem Tisch, zwei Stühlen, einem niedern pritschenähnlichen Bett. Ein kleines vergittertes Fenster. Ich trat ein, vorsichtig witternd. Eine Treppe ohne Geländer führte zu einer Galerie hoch unterm Dach, das wie ein Nachthimmel unsichtbar blieb; in dem auch der Draht einer Glühlampe verschwand, die über dem Tisch hing. Elektrizität gab es also. Gerade wollte ich wieder ans Tageslicht hinaus, als dieses erlosch wie bei einer plötzlichen Sonnenfinsternis; vor mir der Schatten des machtvollen Gestirns, das die Sonne ausgelöscht hatte.

»Guten Abend.«

Gleichzeitig sagten wir schließlich das gleiche, das mächtige Etwas mit einer Stimme, die klang als habe ihm jemand einen Lederriemen um die Brust gezurrt. Das Gestirn, ein Mann, streckte mir eine Pranke hin, die einen Bären hätte erwürgen können; aber ich wurde eher gestreichelt. Der Mann setzte sich an den Tisch (seufzend; in dem Dämmerlicht kaum mehr als ein Schattenberg), wischte sich mit einer Art Bettlaken den Schweiß von der Stirn und keuchte, das sei ja entsetzlich, diese Steine da draußen. Er trug Lackschuhe, solche, in denen man jeden Kiesel einzeln spürt. An seinen Hosenbeinen hingen Reste der Brombeerstauden.

»Monsieur Grandhomme hat mich zu Ihnen geschickt«, sagte ich schließlich. »Wohnen Sie hier?«

Jetzt lachte der Mann, das heißt, Luft zischte aus ihm

heraus als müsse er sparsam mit ihr umgehen. Wahrscheinlich mußte er mit gleich viel auskommen wie ein Normalgewachsener. Ich setzte mich auf die andere Seite des Tischs und sagte: »Haben Sie den Code?«

»Ja.«

Er schob einen Zettel zu mir herüber. Ein schmuddeliges Ringbuchblatt, auf dem eine Kombination aus Buchstaben und Ziffern stand. Ich starrte ungläubig darauf. »Das da?« In mir stieg der Verdacht auf, ich würde ungeheuer angeschmiert und käme mit den französischen Lottozahlen zu Jimmy zurück.

»Was haben Sie erwartet?« sagte der Mann. »Eine Schachtel mit rotem Samt?« Er lachte wieder, pfeifend, als habe er einen Witz gemacht. Hörte dann abrupt damit auf, wandte sich mir zu (zum erstenmal; aber sein Gesicht blieb eine Schattenmaske) und sagte: »Den Code von Grandhomme haben Sie; meinen auch. Haben Sie den von Siemens?«

»Nein.« Wie viele von diesen Codes gab es denn noch? »Sie?«

»Nein.« Wieder sein Keuchen. »Aber ich kann Ihnen die Adresse verkaufen. Sagen wir, fünftausend.«

»Nein.« Ich sah wieder auf die Zahlenkombination vor mir. Wenn das nicht der Schlüssel des Tresors von Fort Knox war, dann konnte es allenfalls noch der korrekte Einlauf der Pferde in Vincennes sein, vom nächsten Sonntag. »Erstens hat mir mein Chef davon nichts gesagt« – Jimmy *war* nun mein Chef – »und zweitens habe ich das Geld nicht.«

Der Mann antwortete nicht, sondern begann eine leise Melodie zu summen, ein seltsames Grunzen wie aus einer andern Zeit. So hatte einst ein Ahn böse Geister gebannt. Vielleicht unter dem Einfluß dieser fast nicht hörbaren Töne (es sang ganz von allein aus dem Mann heraus; nicht mit *seiner* Stimme) legte ich das Geld, das mir geblieben war, vor ihn hin. Sofort hörte der Urahn in ihm drin zu singen auf, und sein Nachfahre nahm das Bündel, ging nahezu behende zu einem Lichtschalter und ließ die Glühbirne über unsern Köpfen aufleuchten. Jetzt sah ich ihn: er war wirklich massig, hatte eine dunkle Haut, aber weder das vertraute Schwarz oder Braun oder Oliv, sondern als habe sein Schöpfer sämtliche Farben durcheinandergemischt bis sie *einen* Ton ergaben; dieses unbeschreibliche Schmutziggrün eben. Wulstlippen. Eine scharfgeschnittene Hakennase und auf der Schädeldecke rotleuchtende Kraushaare. Seine Augen waren geschlitzt und sahen mich ebenso neugierig an wie meine ihn. *Meine* Eltern waren Deutsche bis ins hundertste Glied. Er schien das auch zu sehen, und es mochte ihn enttäuschen, denn er setzte sich ächzend und hielt die Scheine einzeln gegen das Licht. Ein mißtrauischer Kurzsichtiger. Seine Lippen bewegten sich, während er das Geld zählte.

»Vierzehn? Grandhomme hat gesagt, fünfzehn.«

»Vierzehn«, sagte ich. »Für so viel Geld müßten Sie mir die Adresse dreingeben.«

Er starrte mich einen Augenblick lang an, nickte

(aber vielleicht als Antwort auf eine Frage, die er sich selber gestellt hatte) und glotzte vor sich auf den Fußboden. Auch seine Kleider spiegelten die ungewöhnlichen Liebesentscheidungen seiner Vorfahren wider: zwar trug er einen europäischen Anzug (wahrscheinlich sogar einen maßgeschneiderten, obwohl er ziemlich zerknautscht war), darunter aber ein Hemd aus rohem Leinen; an den Händen und Ohren riesige Ringe; und statt einer Krawatte hing um seinen Hals eine Glasperlenkette. Er war etwa fünfzig Jahre alt und in eine Art Trance verfallen. Saß da wie tot, die Geldscheine in einer Hand. Atmete er noch?

»Sie wollten mir eine Adresse geben!« sagte ich schließlich sehr laut. Als habe ihn ein Flüstern erreicht, und als komme er auch nach und nach hinter den Sinn des Flüsterns, steckte er das Geld in eine Sakkotasche, aus der er gleichzeitig immer mehr Taschentücher, Feuerzeuge und Flugscheine hervorwühlte; aber nicht, was er suchte. Er fluchte leise und ganz von dieser Welt, nahm (als die Suche endgültig zu nichts führte) meinen Briefumschlag (den mit dem Plan) und begann, mit einem Filzstift Buchstaben darauf zu schreiben. Langsam, als erfinde er eigens für mich das Alphabet. Wieder bewegten sich seine Lippen. Es dauerte und dauerte, aber endlich hielt ich eine Reihe von Buchstaben in der Hand, die wie Heimatlose überall auf dem Papier herumirrten; rauf und runter. Der Filzstift nahm sich in seiner Hand wie ein Zahnstocher aus.

»Danke.«

Die Adresse war ganz leicht zu lesen. Als ich es getan hatte, wußte ich nicht, ob ich lachen oder weinen sollte. Es war die Jimmys, völlig korrekt, sogar mit seiner Telefonnummer; und deren Ziffern waren, im Gegensatz zu den Buchstaben, sicher und geläufig geschrieben.

»In Frankfurt«, sagte ich. »Wer ist das?«

»Er war der beste Mann von Siemens. Hat den Code selbst ausgearbeitet. Mit seinem zusammen haben Sie das ganze Programm in der Hand. Ehrenwort.«

Aha. Wenn das so war. Ich öffnete den Mund und schloß ihn wieder, denn die Seele meines Gegenübers hatte sich schon wieder verabschiedet und einen reglosen Fleischberg hinterlassen. Sollte ich diesem (laut wie vorhin) weitere Fragen stellen und riskieren, daß er merkte, daß ich keine Ahnung hatte, worum es ging? Ich war gerade zum Schluß gekommen, daß ja, als es draußen donnerte als hätten sich sämtliche Energien des Äthers auf einen Schlag direkt über dem Haus entladen. Gleichzeitig ein Blitz wie der endgültige Kurzschluß des Himmels. Ich verschluckte meine Frage und duckte mich, und mein scheintotes Gegenüber wandte mir den Kopf zu und sah mich völlig verzweifelt an. »Ich habs ja gesagt«, ganz leise. Kleine Tränen rannen über seine Wangen. Während ein Regen losprasselte, den ich eher der Karibik zugetraut hätte, stand der Mann schnüffelnd auf, schleppte sich zum Fenster, sah lange hinaus und murmelte vor sich hin. In einer fremdartigen Sprache jetzt, aber er schien mit einem großen Kummer fertig werden zu müssen. Endlich hatte er sich beruhigt und setzte sich wieder. Jetzt sah er ziemlich indianisch aus, trotz den roten Kraushaaren; allenfalls asiatisch. Wasser floß unter der Tür hindurch bis zu seinen Füßen. Bald standen seine Lackschuhe in einem See. Waren sie wasserdicht, oder fühlte dieser Menschenberg nichts, weil seine Seele ihn verlassen hatte?

»Was für ein Wetter!« sagte ich.

Keine Antwort. Ich saß also im Schneidersitz auf meinem Stuhl, stierte vor mich hin (wagte mich nicht bis zu meinem Auto) und begann, dem da drüben auf der andern Tischseite zu gleichen.

Plötzlich ging das Licht aus. Kein Strom mehr. Während wir im dunklen Zimmer hockten, fuhren Blitze einer nach dem andern aus dem Himmel, mit ihnen Donner wie Felsstürze. Wir flackerten in ihrem Licht; der Mann stand inzwischen bis zu den Waden im Wasser. Wie in Stein gehauen. Nur Sekunden später jedoch war sein Stuhl leer. Ich schrie auf (ein krachender Donner verschüttete meinen Schrei), stürzte durch die Fluten zur Tür (nichts wie weg von hier) und stieß dort gegen ihn.

»Da sind Sie ja«, stammelte ich.

»Ein Gewitter ist das!« Es schrie aus ihm heraus, eine panische Stimme, und er schob mich so heftig beiseite, daß ich ins Wasser fiel. »Ein Gewitter! Hier gewittert es *immer*!« Er stöhnte, fing dann an zu lachen, und bald (es klang ähnlich) weinte er. Schluchzend stampfte er zu seinem Stuhl zurück (in einem blendend hellen Licht), hob ihn hoch und warf ihn gegen die Wand. Ich hörte die Splitter zu Boden regnen. Im nächsten Blitz stand er bewegungslos, wie um Verzeihung bittend. Aber gleich danach (wieder tiefste Finsternis) heulte er auf, und etwas krachte gegen die Steine, was nur der Tisch sein konnte. Ich floh zur Treppe; auf die Galerie hinauf. Da kauerte ich atemlos und horchte nach unten. Der Mann rauschte durchs Wasser, und zuweilen klang es so als singe er, in einer rätselhaften Sprache. Einmal fiel er hin und verschwand gurgelnd; ein Blitz beleuchtete ihn, als er auftauchte, schnaubend und einen Augenblick lang ratlos. Dann tobte er weiter; aber immer langsamer und leiser. Als er still war, hatte auch das Donnern aufgehört. Nur noch Regen; und auch ich beruhigte mich ein bißchen. Glaubte mich die ganze Nacht über hellwach (bereit, in den Abgrund zu springen), schlief aber wohl doch ein, denn als ich aufschrak, schien die Sonne durch Fenster und Tür, und alles war taghell. Der Raum unter mir leer. Friedlich, wenn ich von dem überall herumliegenden Kleinholz absah.

Ich kletterte nach unten (auf dem Boden, zwischen den Hölzern, zerknüllte nasse Taschentücher und ein ganzer Haufen unausgefüllter Flugscheine der UTA) und ging ins Freie. Die Sonne glühte, so früh schon. An mir war alles feucht, aber die Büsche und Gräser glänzten frisch gereinigt, und die Steine, auf denen ich stand, wärmten mir die Fußsohlen. Wespen, Eidechsen. Jetzt hätte ich einen Kaffee gebraucht; aber das war wohl etwas zu viel verlangt; das Leben geschenkt kriegen und sich gleich auch noch wohl fühlen wollen. Ich ging den Weg von gestern zurück, dessen Steine von einem gewaltigen Wasserstrom übereinander geworfen worden waren. Schlamm und Sand. Schwitzte im Schatten der Olivenbäume, dessen Blau dem Licht der Blitze von gestern glich; die zarten Schwestern der tödlichen Brüder der Nacht. Langsam wurde ich trocken, und als ich beim Auto ankam, war ich beinah schon wieder ein Mensch und wußte, daß es mir reichte. Ich wollte nach Hause. Egal, wie viele Polizisten mein Haus umlagerten.

8

Wenn meine Sachen nicht noch im Hotelzimmer gewesen wären, hätte ich mich gleich auf den Weg machen können. So fuhr ich nach Marseille zurück, stellte das Auto, obwohl es da ein Halteverbot gab, vors Hotel und rannte die Treppen hinauf. Ich wollte nur schnell die Segeltuchtasche nehmen, und weg. Aber als ich die Tür öffnete, saß da einer auf dem Bett und sah mich aus schmalen Augen an. Jimmy, in einem weißen Sommeranzug. Ich schloß die Tür hinter mir. Jimmy bleckte die Zähne und wartete, was *ich* sagen würde. Er war wieder ganz der alte.

»Wie hast du mich gefunden?« sagte ich.

»Alle Deutschen in Marseille wohnen am alten Hafen.«

Ich holte den Briefumschlag Grandhommes und das Gekritzel des Hünen aus der Tasche und warf es aufs Bett. »Mir reichts.« Setzte mich auf den Rand des Bidets und starrte auf meine zerschlafenen Laken, auf denen, neben Jimmys blütenweißem Hintern, ein Strohhut und Autofahrerhandschuhe lagen; unten Leder, oben ein Häkelnetz. Eine sanfte Sonne drang durch die halb zugezogenen Fensterläden. Jimmy sah sich an, was ich gebracht hatte, nickte, öffnete eine

Tasche aus gelbem Leder, legte die Beute hinein und schloß sie wieder.

»Irgend so ein Ungeheuer hat mich fast umgebracht. Ein asiatischer Neger mit roten Haaren.«

»Hua O'Leary«, sagte Jimmy. »Vater Ire, Mama aus Peru. Frag mich nicht nach den Großeltern. Er ist völlig harmlos. Handelt mit Billigflügen. Hat eine Frau, eine reinrassige Französin, die ist ihm vor vier Wochen davongelaufen. Seither ist er ein bißchen komisch.«

»Das kann man wohl sagen.«

»Vor einer Woche hat er zwanzig oder dreißig Autos ins Hafenbecken geworfen, einfach so.« Jimmy lächelte, mit dem Mund, nicht mit den Augen. »Er liebt seine Frau.«

Ich hockte auf dem Waschbecken und schüttelte den Kopf, bis der ganz leer war. Aber ein Gefühl, ich sei ein ausgesetztes Kind, wurde trotzdem immer stärker. Einem jeden gleichgültig zu sein, oder zu stören. Ich rieb mit den Fingern in den Augen herum und murmelte: »Er wollte mir deine Adresse verkaufen. Warum?«

»Und? Hast du sie gekauft?«

»Nein. Ich fahre heim. Jetzt gleich.«

»Tu das nicht.« Jimmy setzte sich gerade hin. »Ich habe alles in Bewegung gesetzt, daß die Klage zurückgezogen wird. Ein paar Tage nur noch. Ich treibe dir einen Käufer für die Papiere auf.«

»Ich muß Johanna sehen«, flüsterte ich, eher in

meinen Schoß hinein als zu Jimmy hinüber. »Ich muß.«

»Ruf sie an. Sie ist zu Hause.«

»Woher weißt du das?«

»Ich weiß es.«

Ich blieb eine Weile bewegungslos sitzen, und plötzlich, als hätten wir eine Auseinandersetzung gehabt, sprang ich auf, öffnete die Tür, warf sie hinter mir zu und stürmte die Treppe hinab. Zwar saß die alte Frau dicht neben dem Telefon, aber deutsch konnte sie ja wohl nicht. Kannte zudem gewiß alle Geheimnisse dieser Erde. Ich wählte unter ihren trägen Blicken (die aber gleich in einen Fotoroman zurückwanderten), und es hatte noch kaum geklingelt, da war Johanna auch schon am Apparat. Ihre Stimme ganz ruhig, weit weg, und irgend etwas in ihr kratzte, wie vom zu vielen Rauchen. »Hallo?«

»Ich bins«, sagte ich leise, wegen der Frau oder weil mir plötzlich das Herz bis zum Hals schlug. »Kann ich zu dir kommen?«

»Bist du nicht in Marseille?«

»Woher weißt du das?« Mein Herzklopfen wurde noch schneller, denn ihre Stimme war mit der riesigen Distanz zwischen uns einverstanden. Keine Freude, mich zu hören. Eher, dachte ich, hängt sie gleich auf. »Ich *bin* in Marseille.«

»Jimmy tut für dich was er kann. Mach, was er dir sagt. Tus mir zuliebe.«

»Jimmy?« rief ich. »Was hat Jimmy damit zu tun?«

Am andern Ende der Leitung war es einen Augenblick lang ruhig. Nur ein gleichmäßiges Rauschen. Dann sagte Johanna: »Hat er es dir nicht gesagt?«

Natürlich war mir längst alles klar, und tausend Gefühle ohne ein einziges Wort rasten durch mich hindurch. »Nein«, schrie ich. »Was denn?«

Ich krallte mich am Telefontischchen fest und versuchte, rote hohe Brandungswellen, die in dem sonst ruhigen Meer in mir herumtobten, zu hindern, über meine Ränder zu schwappen. Verschloß alle Öffnungen, auch die Augen, und verkrampfte die Muskeln zu einem starren Paket. So stand ich verkrümmt und verschlossen; keine Ahnung, ob Johanna etwas rief oder nicht. Plötzlich aber hatte ich den Telefonhörer nicht mehr in der Hand, sondern Jimmy hatte ihn, locker und heiter, und ich sank auf eine Treppenstufe und stierte vor mich hin, taub für das Gespräch (Jimmy sprach ohne jedes Kosewort) und blind für die Beine und Füße von Frauen und Männern, die an mir vorbeigingen.

In der Liebe sind Niederlagen so schmerzhaft, so ohne jede Möglichkeit einer Revision, daß *jede* Reaktion darauf sinnlos ist. Mord? Ich fühlte keine Mordkraft in mir, überhaupt keine Kraft irgendeiner Art. Wenn es einmal so weit ist, kann sich ein Jupiter der geliebten Frau nähern und brüllen, er sei Amphitryon; es nützt ihm nichts. Sie will Jimmy, Jimmy, Jimmy. Und genau hinter diesem Jimmy ging ich nun empfindungslos den Fischständen entlang (er hatte die gelbe

Ledertasche in der Hand) bis zu einem Terrassencafé, wo wir uns wortlos an einen Tisch setzten und stumm tranken. Rotwein. Touristen schlenderten vorbei; auf weißen Yachten nestelten weißhaarige Herren an den Tauen herum als verstünden sie etwas von der Seefahrt; Eingeborene, die aussahen wie Mafiosi von früher, standen gestikulierend beieinander. Aber wahrscheinlich war ich der Mafia näher als diese braven Bürger. Ich holte einem Gauner die Kastanien aus allen möglichen Feuern, und er schlief mit meiner Frau.

Mit einem plötzlichen Schwung haute ich ihm meine rechte Hand an den Kopf. Der Tisch fiel um, und Weinflaschen und Gläser zerschepperten auf dem Asphalt. Jimmy lag auf dem Rücken im Dreck, die Beine in die Höhe gereckt, mit einem roten Gesicht. Ich war immer ein äußerst ungeschickter Schläger gewesen und stand jetzt ratlos da, einer unter vielen Verblüfften, die sich in einem weiten Kreis um Jimmy herumscharten. Wenn er zurückgeschlagen hätte, hätte ich ihm widerstandslos den Kopf hingehalten. Aber er rappelte sich nur raunzend auf, stellte den Tisch auf und beruhigte den herbeigeeilten Wirt. Nichts, gar nichts; sowas kann passieren. Schließlich saßen alle Gäste wieder, auch wir, mit einer neuen Flasche, und nun sprachen wir wieder miteinander. Einen ganzen Nachmittag lang; jedenfalls schien uns die Sonne, die einmal hoch oben gewesen war, plötzlich ins Gesicht. Als sie unterging (wir hatten die dritte oder vierte Flasche hinter uns), waren wir an ein und denselben

Mast gefesselt, beide das Opfer derselben Sirene. Beide wußten wir, wie sie sang. Dadurch waren wir uns schließlich so nahe, daß wir schon fast wieder Witze über Johanna machen konnten. Wie sie in den unmöglichsten Momenten rauchte. Daß sie Currywürste mochte. Die Gene Neugeborener standardisieren wollte und bei den Erwachsenen nicht wußte, welches genetische Gemisch sie vorzog.

»Fahr nach Brasilien«, sagte Jimmy. »In ein paar Tagen komme ich nach.«

»Wohin?«

»Bis dahin habe ich alles geregelt. Ich zahle dir fünftausend zusätzlich.«

»Was soll ich in Brasilien?«

»Du gehst zu Professor Schmitt.« Er nahm eine Papierserviette und einen Filzstift. Wieder eine Adresse, und diesmal eine, die selbst schon wie ein Code aussah. *Professor Schmitt S. Q. S. 311 B Apt. 201 Brasilia D. C.*. »Mach alles genau so, wie ichs vorbereitet habe.« Er öffnete die Ledertasche. »Dann kann nichts schiefgehen.« Und schon hielt ich einen Flugschein in der Hand, einen von der TAP. Nizza-Rio de Janeiro-Brasilia, mit einer Zwischenlandung in Lissabon. Morgen früh um sechs Uhr zwanzig. Ich wendete den Flugschein hin und her. Er war an diesem Morgen hier in Marseille ausgestellt worden, auf meinen Namen. Endlich sagte ich: »Was sind das für Codes? Die Börsenkurse vom nächsten Monat?«

Jimmy begann zu kichern, winkte dem Kellner und

bestellte eine neue Flasche und zwei Schinkensandwichs. Immer noch kichernd sah er mir in die Augen, die wahrscheinlich genauso rot waren wie seine. »Freund«, sagte er. »Das ist furchtbar einfach. Im Prinzip ist es so. Verstehst du. Damit keiner an das Programm herankommt, ist es von drei verschiedenen Firmen verschlüsselt worden, von IBM, Fujitsu und Siemens. O. K.?«

»Was für ein Programm?«

»O'Leary war der beste Mann von Fujitsu. Machte alle schwierigen Sachen. Er war sogar schon in Grönland.« Er trank einen Schluck und sah zu, wie der Kellner sein Glas nachfüllte. »*Merci.* Also. Wenn ich jetzt die drei Codes habe und die Eingangsleitung kenne, kann ich mit jedem beliebigen Computer, wenn er nur ein bißchen Kapazität hat, *on line* machen, was ich will.« Er begann über eine Pointe zu lachen, die mir entgangen war. Ich blieb ernst und schüttelte den Kopf. Mit mir mußte man klar und einfach reden. Ich sagte es ihm.

»Natürlich! Recht hast du!«

Er trank sein Glas aus (nun war er wirklich betrunken), legte einen Arm um mich und rief mit dem heißen Schnauf eines Drachen in mein rechtes Ohr: »Zehntausend. Sagen wir zehntausend. Einverstanden?«

»Ja. Aber warum mit der TAP?«

»Hua O'Leary handelt nur mit Schrottlinien.«

Arm in Arm wankten wir dem Hafenbecken entlang, in dem vermutlich immer noch die Autos lagen. Meines stand friedlich im Halteverbot vor dem Hotel. Ich stieg ein und startete den Motor. Jimmy draußen am Fenster. Wir sahen uns an, und um irgend etwas zu tun, was zu einem Abschied führte oder diesen hinauszögerte, sagte ich: »Wer war die Frau, als ich bei dir an der Wohnung klingelte?«

»Johanna.« Er stützte beide Hände auf den Fensterrahmen des Autos, so als wolle auch er mich zurückhalten.

»Nein. Die andere.«

»Meine.«

Ich fuhr ohne ein weiteres Adieu weg. Im Rückspiegel sah ich ihn, wie er auf der Straße stand, eine weiße Silhouette, die im Ausschnitt des Spiegels wie ein indischer Polizeibeamter oder wie ein Seeoffizier aus einem Tropenfilm aussah. Ich winkte zum Fenster hinaus; auch er hob eine Hand; an der andern hing seine Tasche. Dann war dicht vor mir ein Wegweiser, *toutes directions,* und ich erwischte die Kurve gerade noch. Ich rollte durch den Boulevard, wo ich im Kino gewesen war, später durch dunkle Industriequartiere und endlich dem Meer entlang, in dem sich der Mond spiegelte; oder schaute das Auge eines Wassergotts aus den Fluten? Überall schwarze Palmen. Zwei oder drei Male fuhr ich beinah in riesige Leuchtpfeile hinein, die mich vor Kurven warnen wollten. Aber mit den Unschuldigen ist Gott, und irgendwann war ich auf dem Parkplatz vor dem Flughafengebäude von Nizza und stieg aus. Fast wie ein Normaler, etwas wankend nur, ging ich zum Check-in-Schalter und schob einer gähnenden Dame mein Ticket hin. Weil ich viel zu früh war, legte ich mich in einen dieser Schlafsessel aus dickem Leder, und statt einzuschlafen, begann ich zu schluchzen, und schluchzte und schluchzte, bis ich vielleicht doch eindämmerte, immer wieder geweckt von Lautsprecheransagen, die andere Flüge als meinen aufriefen.

9

Im Anfang war eine Stille; das All still, still. Wenn es Götter gab (ein Name für was?), dann wohnten sie in jenen Löchern, die das All überhaupt ausmachten. Wesen nur aus Trommelfell. Der Lärm, wenn am andern Ende der Milchstraße zwei Meteorite zusammenstießen, konnte sie töten. Oft auch *kam* es zu Götterkatastrophen, und es mag sein, daß es (in sogar den Göttern unsichtbaren Fernen) Göttergötter gab (noch empfindsamere) und daß auch diese noch fernere Götter hatten. *Ewig* war ein Längenmaß. Für die Zeiträume, in denen sich ein Götterdasein abspielte, gab es kein Wort; nur für Menschenzeit dann. – Wann wirbelte das erste Gen im All? Wieso? Unser Ahn, von den Magnetfeldern der Sterne hin und her gerissen? Auch die Götter kannten ihre eigne Zukunft nicht. Keiner ahnte, daß dieses einsamfliegende Etwas der *Mensch* werden würde. Dabei sahen die Götter, selber fast nur Ohr, doch bald seinen sich bildenden Mund; aber sie konnten sich die merkwürdige Öffnung nicht erklären (sahen sie, mit ihren interesselosen Äuglein, vielleicht gar nicht recht). Sie ließen das Rätsel auf seiner Umlaufbahn, auch als es sich (von Sterntrümmern zerfetzt?) teilte und wieder teilte, bis viele solcher

Gebilde das lichtlose Zentrum des Alls umkreisten. Es war ja so viel Platz in der Stille. Die Götter schliefen, immer eigentlich, ineinandergeklumpt, von Farben träumend. Wir würden sie grün nennen; blau. Gelb. Waren in den Träumen der Götter die Spuren von etwas, was es vor diesem All schon gegeben hatte? Woher sonst die herrlichen Bilder? Waren die Hoffnungen der Götter gefrorene, plötzlich schmelzende Erinnerungen? – Inzwischen wuchsen die Menschen heran, viele nun schon und beinah schon uns Heutigen gleichend, durchs Nichts rasend auf unzähligen Umlaufbahnen; manche einander nah (nur wenige Kilometer voneinander parallel fliegend), andre so, daß sie sich nie zu Gesicht bekamen, und viele auf so verschiedenen Umlaufbahnen, daß sie nur jeweils, wie ein entsetzlicher Schrecken, urplötzlich aneinander vorbeizischten und gleich wieder hinterm Horizont verschwanden. Dann wieder nichts. Ferne, kalte Sterne da, dort. Irgendwann gab es welche (Menschen), die waren einander doch so nah, daß sie versuchten, sich zu verständigen. Sie hatten ja Arme, Beine, und endlich riß einer diesen bisher unbemerkt gebliebenen Gesichtsschlitz auf und ließ ein ungeheures Stöhnen aus sich heraus. Ein ähnliches war die Antwort. – Die Götter in den stillen Löchern saßen wie vom Donner gerührt. Als sie dem All die Augen zuwandten, alle aufs Mal jetzt, sahen sie es voller fliegender Menschen, und alle stöhnten, erschüttert oder entzückt von ihrer neuen Fähigkeit. Das All schluchzte. Die Götter, in denen es dröhnte, zogen sich immer weiter zurück, in menschenleere Bereiche, aber die gab es kaum. Nur fernere. Da saßen sie zusammengekauert, in neuen Haltungen, so daß immer einer mit dem Hintern auf dem Ohr des andern saß. Aber sie waren ja fast nur Ohr. Es gab keine Ruhe mehr. – Es gab auch keine Erde. Hatten die Götter so viel Kraft der Einbildung, den Nebeln zu befehlen, fest zu werden: ein Ort, an dem sich das Lärmen konzentrieren sollte? Auch die Menschen waren ihm nur eine kurze Zeitspanne gewachsen. Dann zerfetzte der Lärm das Leben, und es gab den Tod. Die neugeschaffenen Tiere hielten ihn zuweilen nur einen Tag lang aus. Schildkröten, deren Ohren unter einem Panzer lagen, einige hundert Jahre.

Der erste der im All treibenden Menschen, der auf die Erde prallte, stürzte in ein Gewässer, über dem noch die Wolken der Schöpfungshitze lagen. Mit den gleichen Bewegungen, an die er sich im All gewöhnt hatte, ruderte er an ein Land, wo er dann im heißen Schlamm stand, in kochenden Nebeln. Er schrie und schrie, und vielleicht starb er, weil er sich totschrie, und ein anderer begründete später mit einer andern die Erdmenschheit; vielleicht aber war wirklich der erste schon der, dem der Zufall eine Frau zuwarf, ins selbe Gewässer, auch sie panisch rudernd, und dann berührten sich zum ersten Mal die, die bis jetzt nur im Tempo des freien Falls aneinander vorbeigeflogen waren. Haut; warme, wärmer werdende Haut. Sie preßten ihre Münder daran und schwiegen. Ließen die Hände über den andern gleiten, seinen rätselhaften Formen entlang. Die Zunge. Und irgendwie geschah das Wunder, das bis heute eins ist, und ein unvermuteter Stockschwanz des Mannes verschwand in einer unerwarteten Höhle der Frau, und es war der Beginn der Menschheit. Die kurze Hoffnung der Götter, die Menschen wieder sprachlos gemacht zu haben, hatte getrogen.

10

Das dachte ich, im Neonlicht der Abfertigungshalle sitzend. Ich sah immer wieder nach einer großen Digitaluhr mit roten Leuchtziffern, die unendlich langsam ihre Minuten hinuntertickerte, und dachte, vielleicht sind Adam, Moses, Noah zyklische Erscheinungen. Vielleicht, immer wieder, wenn Noah als ein Bote des Endes fällig scheint, tritt ein Moses auf; hält uns neue Gesetze hin. Und wenn nicht, *ich* brauchte eine neue Schrift.

Endlich flog die Maschine, die gar nicht von der TAP, sondern von der Air France war und mich im Nu nach Lissabon brachte. Viel Kaffee und Croissants. Ich hatte genau zwei Stunden Aufenthalt und fuhr mit einem Taxi ins Zentrum (mitteleuropäisch anmutende Bürgerhäuser, staubige Alleen, Denkmäler auf großen Plätzen), aß in einem Boulevardcafé ein riesiges Eis und mußte schon wieder zum Flugplatz zurück. Diesmal *war* die Maschine von der TAP, eng wie eine Straßenbahn und bis zum letzten Platz angefüllt mit schwarz gekleideten alten Bauern, von denen keiner so aussah als könne er sich eine Straßenbahnkarte leisten, geschweige denn einen so langen Flug. Kein Film, keine Zeitschriften, nichts von dem Firlefanz, den andere

Fluggesellschaften wenigstens in ihrer Werbung veranstalten. Ich hatte keinen Fensterplatz und sah also acht Stunden lang (zuweilen schlief ich) auf diese luftgegerbten Gesichter. Auswanderer? Oder hatten sie alle ausgewanderte Kinder, die so erfolgreich geworden waren, daß sie den Eltern Flugkarten schicken konnten? Meine Nachbarin jedenfalls, eine etwa siebzigjährige Frau, konnte einen kleinen Zettel, der dann den Zollbehörden vorgelegt werden mußte (Name, von woher, nach wohin) nicht ausfüllen. Sie schaffte nicht einmal ihre Unterschrift und strahlte mich dankbar an, als ich für sie Maria Soundso schrieb. Vielleicht war sie auch erst fünfzig. Obwohl der Flug direkt nach Rio hätte gehen sollen, landeten wir zuerst in Salvador da Bahia, und die meisten Bauern stiegen aus. Wir andern standen auf der Piste herum und warteten, bis das Flugzeug neu aufgetankt war. Eine heiße feuchte Luft. Es gab zwar eine Bar in einem flachen Abfertigungsgebäude, aber keinen Keeper. Und draußen war es spannender. Rings um uns Dünen mit Stoppelgras, die Piste wie eine Bergstraße, gegen eine Kuppe ansteigend, hinter der sie verschwand. Als eine andere Maschine landete, mit brennenden Scheinwerfern, tauchte sie hinter dem Horizont unter und wurde erst lange später hoch oben auf dem Berg wieder sichtbar; nun war sie am Boden und rollte uns bergab entgegen. Auch sie entließ viele schwarzgekleidete Menschen, und wir durften wieder einsteigen. Jetzt hatte ich einen Fensterplatz und sah auf Südamerika hinab, den Traum langer Jahre, auf eine gewundene Küste voller Bäume, ein Meer, auf dem die Wellenkämme dem Ufer zufegten wie Schimmelreiter. Wenig später landeten wir in Rio, wo ich jenen berühmten Zuckerhut nicht entdekken konnte; keinen Steinchristus mit ausgebreiteten Armen. Ich blieb auf dem Flugplatz und suchte meinen Anschluß nach Brasilia. Ein Shuttle-Flug der Cruzeiro-Airlines; eine seltsame Idee, einer Fluglinie den Namen der Landeswährung zu geben.

Von meinen kommenden Problemen mit den Cruzeiros ahnte ich noch nichts, als ich in dem fabrikneu riechenden Flugzeug saß und ein riesiges Steak aß. Ich sah gut gelaunt auf eine Erde hinab, die aus Büschen zu bestehen schien, zwischen denen zuweilen merkwürdig symmetrische Pistenwegsysteme verliefen. Kaum Siedlungen. Ein strahlend blauer Himmel, obwohl Regenzeit war. Ich hatte mein Essen noch kaum bewältigt, als wir auch schon landeten, in jenem auf dem Reißbrett geplanten Wohnparadies, von dem ich einst in Architekturzeitschriften gelesen hatte. Eine heftige Hitze, obwohl der Oktober ein früher Frühlingsmonat ist. Ich setzte mich in ein Taxi und bat den Fahrer, in ein Hotel im Stadtzentrum zu fahren, das heißt, ich kämpfte zum ersten Mal mit den Tücken der brasilianischen Sprache, die so ausschließlich aus Nasallauten besteht, daß sie ohne den Mund gesprochen werden kann. Irgendwie schafften es die Einheimischen sogar, die glasklarsten Konsonanten zu einem Nasengrunzen werden zu lassen. Nach einem langen, nicht unfreundlichen Hin und Her, bei dem der Fahrer, stets zu mir zurückschauend statt nach vorn, über unzählige Highways mehrmals um die Stadt herumgekurvt war, standen wir schließlich vor dem Hotel Nacional (das in der Aussprache des Fahrers wie eine Feuerwehrhupe klang), einem riesigen First-class-Ding, das ich nach all dem Durcheinander widerspruchslos akzeptierte. Nachdem ich mich durch eine schnatternde Touristengruppe aus den USA hindurchgekämpft hatte, bekam ich ein Zimmer hoch oben im 14. Stock, von dem aus ich die Stadt gut übersehen konnte. Ein Häkelmuster aus Schnellstraßen, dazwischen immer gleiche Blocks bis beinah zum Horizont. Viele Flächen, die vielleicht einmal grün geplant worden, aber braun geblieben waren. Das Zimmer selber das, was auch Seattle oder Bochum geboten hätten: Bett, Bad, Fernseher, aus dem, wann immer ich ihn einschaltete, ausschließlich die hemmungsloseste Werbung, Fußball oder ein ewig herumrennender Popeye kamen. Ich duschte und legte mich dann aufs Bett, tief atmend, und begann sehr langsam darüber nachzudenken, wie ich das nun machen sollte mit dem Herrn Professor Schmitt.

Es war Samstag, Abend nun. Und langsam dämmerte mir, daß man eine Überseereise nicht betrunken antreten sollte. Denn alles, was ich zum Überleben mithatte, waren die paar hundert Mark in meiner Hosentasche (Jimmys Tausender, minus viermal Tanken etc.) und das Flugticket; aber dieses war ein einfacher Flug! Wie sollte ich dieses Fürstenzimmer hier bezahlen (nun ja, eher eins für einen leitenden Herrn, der seiner Sekretärin Eindruck machen will); und was, wenn, wie alle bisher, dieser Professor Schmitt auch Geld wollte? Ich zog mich an (auch mein Nadelstreifenanzug hatte die letzten Tage nicht gut ertragen) und beschloß, mir morgen die ersten Sorgen zu machen; heute führte das zu nichts mehr. Telefonieren wollte ich auf keinen Fall. Wenn Jimmy schon in Frankfurt zurück war, lag er gerade mit Johanna im Bett (Zeitverschiebung), und selbst über achttausend Kilometer Distanz, über Satellit, hätte ich es nicht ausgehalten, eine nackte Johanna neben ihm zu wissen, mit ihrem zwischen Ironie und Zuneigung schwankenden Lächeln das Ende des Telefongesprächs abwartend, um dann mit einem gurrenden Sprung den schnurrenden Jimmy unter sich zu begraben. Wenn ich ihn morgen früh anrief, war es bei ihm heller Tag, und Johanna tat wenigstens eher so etwas wie staubwischen oder kochen.

Immerhin blätterte ich nach der Nummer von Professor Schmitt, aber der hatte keine. Nachdem ich an einer langen leeren Bar ein Bier getrunken hatte, wechselte ich an der Réception hundert Mark und hielt zum ersten Mal jenes Geld in der Hand, an dem die Inflation so schnell frißt, daß man es auf der Stelle ausgeben muß. Ich aber hatte es gar nicht eilig und schlenderte (einige verzauberte Augenblicke lang fühlte ich mich mächtig, reich und sicher) in eine trockene sommerliche Luft hinaus; eine tiefstehende Abendsonne; überall Büsche mit großkelchigen roten Blüten. Schmetterlinge. Nach dem Grün des Hotelgartens begann allerdings übergangslos eine Art Niemandsland aus Staub, jenseits dessen riesige Hochhäuser in den Himmel ragten, eins wies andre aussehend; mörderisch. Ich ging durch den Garten zurück und gelangte durch eine andere Pforte auf eine gehsteiglose Straße, die auf einen weniger bedrohlich aussehenden Häuserkomplex zuführte. Ich ging los, zuweilen auf dem Rinnstein, manchmal auf gelbem Gras, dann wieder auf der Straße. Autos rasten so nah an mir vorbei als sei ich unsichtbar.

Ich kam zu einer Anhäufung flacher Sichtbetonbauten, die, wie sich später zeigte, das eigentliche Zentrum der Stadt waren. So etwas wie ein großer Massa-Markt plus ein, zwei Eisdielen. Unter Betongalerien sogar einige teure Boutiquen und eine internationale Buchhandlung, die auch die FAZ führte. Sie war eine Woche alt und kostete fast soviel wie die Taxifahrt. Statt ihrer kaufte ich das *Jornal do Brasil.* Lesen ging viel leichter als hören und sprechen *(gedruckt* wurden die Konsonanten). Ich tat es an einem einsamen Tischchen vor einer Colabar und schaute dann lange den vorbeigehenden Menschen zu. Schwarze, helle, blonde, krause; alles. Niemand lachte oder tanzte Samba. Manche gingen nicht einmal, sondern rollten, Beinstümpfe auf Brettern mit Rollschuhrädchen. Viele humpelten an Holzkrücken. Einige hockten wie tot, und nie tat jemand etwas in ihren Hut oder die hingestreckte Hand.

Es dämmerte, und langsam begann die Zeit, die zuerst so angenehm zerronnen war, zäher zu fließen. Ich spürte, wie sie an meinen Nerven zerrte, und schließlich tat sie mir regelrecht weh, weil sie gar nicht mehr von mir weg wollte, sondern sich in meiner Brust zusammenklumpte. Als ich das Gefühl hatte, jetzt sprengten mich die angestauten Minuten und Stunden, ging ich zu einem Taxi, das schon die ganze Zeit da gestanden hatte, und zeigte dem Fahrer die Papierserviette mit Professor Schmitts Adresse. Der nickte und fuhr los. Nachdem wir wieder auf ähnlichen Schnellstraßen mehrmals um die Stadt herumgefahren waren, bog er in eins der vielen identisch aussehenden Wohnviertel ein und hielt auf einem Parkplatz vor einem großen Wohnblock. Ich bezahlte (die Cruzeiros siechten nur so dahin) und musterte das Haus, aus dessen Mauern Betonteile heruntergestürzt waren, die große Löcher hinterlassen hatten. Die Blockbezeichnung (B) war mit einem riesigen Schablonenbuchstaben neben den Eingang gepinselt. Ich trat ein, an einem Jüngling vorbei, der die Beine auf einen Tisch gelegt hatte und in einem Comic-Heft las, so daß ich, nach einigem Zögern ob er hier die Hausherrengewalt hatte oder nicht, weiterging, eine enge Treppe hinauf. Er kümmerte sich nicht um mich. Die Wohnungen hatten Nummern, und die 201 war im zweiten Stock. Zwei Türen nebeneinander, im rechten Winkel am Ende eines Korridors.

Ich klingelte, und sofort öffnete mir eine winzige mulattenbraune Frau in einer Arbeitsschürze und sah mich fragend an. »Professor Schmitt?«

Sie stand noch mit demselben undeutbaren Blick, als Professor Schmitt auch schon aus einem Zimmer herauskam. Er trug kurze rotglänzende Turnhosen und sonst nichts und war ein blonder Riese, so einer wie Curd Jürgens gern einer geworden wäre. Hatte eine Bierflasche in der Hand, stampfte mit gerunzelten Brauen auf mich zu (die kleine Frau löste sich in nichts auf) und herrschte mich auf portugiesisch an. Auf seiner Stirn Schweißbäche.

»Professor Schmitt?« sagte ich. »Ich glaube, Sie erwarten mich.«

Ich hielt ihm eine meiner Visitenkarten entgegen, die ich vor langer Zeit einmal vom Kaufhof geschenkt bekommen hatte. Er nahm sie, las meinen Namen, lächelte dann plötzlich und konnte sogar deutsch; allerdings klang es wie ein weicher Sprechgesang, und hie und da borgte er sich Wörter aus dem Englischen aus.

»Ah, ja, Sie sind der Kollege, der ein paar Tage meine Anlage benutzen will. Kommen Sie.«

Wir saßen an einem Tisch mit einer weißen Kunststoffplatte und tranken Bier, das Curd Jürgens Schmitt aus einer winzigen Küche holte, in die die zweite Wohnungstür hineinführte; ich fragte ihn, warum, und erfuhr, auch kleinste Dreizimmerwohnungen wie diese hier simulierten die alten Rituale der Macht, und

Dienstmädchen, die sich ein jeder für Gottes Lohn halte, auch er, hätten eine andre Tür als die Herrschaft zu benützen; hinter der Küche sei ein Schlafraum. Als ich dann später selber nach einem Bier suchte (das war nicht schwierig, *überall* stand Bier), sah ich ihn: knapp so lang wie eine liegende Frau und beinah so breit.

»Ich hoffe, Sie haben keine allzu mörderischen Probleme«, sagte Professor Schmitt. »Mein Diameter ist kaputt, und die Zentrifuge; seit einem Jahr. Keine Ersatzteile. Sie können sich denken, wie die Forschung hier vorankommt. Die Anlage allerdings geht. Sie arbeiten, wenn ich mich recht entsinne, über die Anpassungsstabilität der *Tabanidae?«*

Ich lächelte so unbestimmt, daß das eine Zustimmung sein mochte, ohne daß ich log. Verwechselte er mich mit einem andern, der nun gleich klingeln würde, oder hatte mir Jimmy einen zentralen Punkt seiner Strategie nicht erklärt? Ich beschloß, alles offenzulassen, nickte mehrmals wortlos und trank aus einer neuen Bierflasche, die Professor Schmitt vor mich hingestellt hatte. Draußen vor dem offenen Fenster (es war inzwischen dunkel geworden) trieb ein Wind aus unsichtbaren Bäumen Blätter vorbei, die vorbeitorkelten wie betrunkene Fledermäuse. Ich wollte das alles gerade durchaus friedlich finden, als Professor Schmitt plötzlich nach einer Fliege auf der Tischplatte schlug. Eine Faust wie ein Hammer.

»Sie sind eine einzige Plage hier«, sagte er, ruhig eigentlich. »Schlimmer als die Studenten. Ich haße sie.«

»Wen?« Ich saß ganz aufrecht, verwirrt von so viel unvermuteter Wut.

»Die Fliegen. Die Bremsen auch.«

Wieso reizten ihn die paar Tierchen hier im Zimmer? Da hatte ich schon anderes erlebt; händefuchtelnde Fluchtversuche auf heißen Sommerwanderungen dem Main entlang.

»Einstein wollte das Absolute«, nun lachte Professor Schmitt wieder, »Watson hätte lieber eine DNS-Kette mit der Struktur seines eigenen Hirns gefunden, und Newton hatte nur Hunger nach einem Apfel. So ist das in der Forschung. Prost.«

»Prost.«

Es war weit nach Mitternacht, als ich aus Professor Schmitts Wohnung in einen heißen Sturm hinauswankte, der mir Staub in die Augen trieb. Alles dunkel, tot, nur in der Ferne die Lichter schnellfahrender Autos. Also taumelte ich zu jener Schnellstraße hin und winkte, wenn ein Taxi vorbeiraste; aber keines hielt. Zuweilen fuhren mir Windstöße in die Magengrube als wollten sie mir sagen, ich ginge in die falsche Richtung, dann aber wieder zwangen mich ihre Brüder zu einigen rennenden Schritten. Schließlich trottete ich einfach vorwärts, schicksalsergeben, und dachte über Professor Schmitt nach. Alles schien ein großes Mißverständnis zu sein. Zuerst hatten wir über Spitzenforschung in Europa gesprochen (Professor Schmitt hatte – war das ein Scherz oder nicht? – den Nobelpreis im Visier), dann über die Probleme des Trinkens hier (immer nur dieses wäßrige Bier, oder dann Weine, die man bald leid werde), später über die merkwürdigen Methoden der einheimischen Metzger, ihr Fleisch zu schneiden (nämlich, sie nähmen eine Axt und schlügen mit geschlossenen Augen wildwütend auf das Tier ein). Dazu Bier, Bier, Bier, das sogar auf dem Klo stand. Zuweilen sang Professor Schmitt unvermittelt und mitten aus hochtheoretischen Überlegungen heraus Fragmente alter deutscher Schlager, von seinen Vätern ererbte Familientrümmer. Einmal brüllte er, ich sei ein feiner Kerl, ich sei nun schon der zweite aus Frankfurt, den er kenne, der andre sei eine Frau, die nehme es aus dem Stand mit dem ganzen prüden katholischen Pack hier auf. *Diabo!* Ah, wenn er reich wäre, würde er sich die Anlagen, wie Harvard sie habe, einfach selber kaufen, und dann würde man ja sehen. Unter der Tür endlich sagte er, ich solle ihn am Montag in der Uni besuchen; Block C, Labor drei. Wir würden dann zwar keine Nägel mit Köpfen machen (an dieser Uni gebe es weder Nägel noch Köpfe), aber er könne mir seine tolle Technologie vorführen. Noch durch die Tür hörte ich sein unbändiges Lachen. Als gerade die ersten Regentropfen fielen, kam ich zu einem großen Platz, auf dem die Taxis Stoßstange an Stoßstange standen, wie ein Hohn. Aber natürlich fiel mir ein Stein vom Herzen, und ich stolperte ins vorderste hinein und brauchte sehr lange, zu verstehen, warum mich der Fahrer nicht ins Hotel Nacional fahren wollte, nämlich weil wir direkt davor standen. Der Lift hob mich wie ein letzter Windstoß in mein Bett hinauf, und während ich einschlief, rauschte draußen ein Regen, als stürzten alle Fluten des Amazonas über uns herein.

11

Am nächsten Morgen, geduscht und mit meinem letzten frischen Hemd, brauchte ich fast eine Stunde, um eine Verbindung nach Frankfurt zu bekommen. Einer vom Amt fragte mich ununterbrochen »Do you speaka englisha?«, ohne eine Antwort abzuwarten. Dann endlich Jimmy. Er schrie, da sei ich ja endlich, warum ich nicht sofort angerufen hätte, er habe mir das Wichtigste nicht mitgegeben, die gelbe Ledertasche, da sei doch alles drin; ohne die Ledertasche laufe gar nichts.

»Ich bin bei Professor Schmitt gewesen. Er hält mich für einen Biologen oder sowas.«

»Du *bist* ein Biologe!« Jimmy war so laut, daß ich den Hörer vom Ohr nahm und zum Fenster hinauslauschte, ob ich ihn nicht auch so, über die Meere hin, hören konnte. »Du bist meine rechte Hand. Hast du gesagt, du bist keiner?«

»Nein.«

Er schien erleichtert. »Du hättest gar nichts tun sollen. Bremsen sind unsre Spezialität.«

»Was?«

»Bremsen. Tabaniden. Diese Viecher, die einen beim Baden beißen.«

Jetzt verstand ich, wieso Professor Schmitt immer

wieder von Fliegen hatte sprechen wollen. »Professor Schmitt mag sie nicht. Ich auch nicht.«

»Wo bist du jetzt?« Ich sagte es ihm. »Ich fliege zu dir, sobald ich hier soweit bin. In ein paar Tagen. Tu nichts bis dahin.«

»Professor Schmitt will mir sein Labor zeigen. Was soll ich tun?«

»Schau es dir an«, sagte Jimmy. »Sag nichts. Wenn es schwierig wird, schlag ihm vor, ein Bier zu trinken. Er sagt sicher nicht nein. Tut er's doch, sag, einen Pinga.«

»Einen was?«

»Pinga. Zuckerrohrschnaps.«

An dieser Stelle schaltete sich ein anderer Mann vom Amt ein, der ebenfalls mehrmals »Do you speaka englisha?« rief, und Jimmy und ich waren getrennt. Ich hatte das Wichtigste verstanden und fühlte wieder festeren Boden unter den Füßen. Die paar Tage ohne Jimmy würde ich durchstehen. Heute war sowieso Sonntag, der Tag des Herrn und der Muße, und ich setzte mich in einen der schweren Ledersessel in der Lobby und blätterte in einem Faltprospekt, der die Sehenswürdigkeiten der Stadt beschrieb. Eine war das Hotel Nacional; das *most outstanding* Haus weit und breit. Dann gab es noch einen Fernsehturm, eine Kathedrale mit einem farbigen Glasfenster, ein Geschäftszentrum (auf einem Foto mit verrutschten Farben erkannte ich den Massa-Markt von gestern) und einen künstlich aufgestauten See mit einem Restaurant, dessen Spezialität ein Bohnengericht war. Ich beschloß, den Tag im Hotel zu verbringen, kaufte am Kiosk einen englischen Kriminalroman und lümmelte mich damit in einen Liegestuhl im Garten. Der Held der Geschichte war ein forsch-naiver Detektiv, der glaubte, alle Fäden in der Hand zu haben und doch nur die Marionette eines ganz anderen war. Jede Menge Frauen kreuzten seinen Weg, und er wollte sie alle haben; aber später waren sie entweder tot oder in den Armen seiner Gegenspieler. Natürlich wurde er am Schluß von seinem vermeintlichen Partner fallengelassen wie eine heiße Kartoffel; er *war* eine, oder eher eine Pflaume. Es war eins von den Büchern ohne Geheimnis, die man vergessen hat noch während man sie liest. Danach badete ich in einem Swimmingpool (in blauglitzerndem Wasser) und schlenderte mit einem Campariglas zwischen Palmen herum. Drei braungebrannte Frauen, die sich aufs Haar glichen, tauchten immer erneut mit eleganten Kopfsprüngen ins Becken, ohne daß auch nur ein Tropfen hochspritzte. Goldkettchen um die naßglitzernden Bäuche; darunter Tuchfetzchen, die von Kordeln gehalten wurden, die zwischen den Pobacken verschwanden. Keine sah ein einziges Mal nach mir hin, und obwohl ich mir einzureden versuchte, genau das sei ein Hinweis darauf, daß sie das alles nur für mich taten, hockte ich wie ein Ochse in meinem Stuhl und machte ein Gesicht wie einer, der sich ausschließlich für Bremsen interessiert. Mindestens zehn von ihnen schlug ich tot. Später lagen die drei, nun ohne ihre Stoffreste, mit weit gespreizten Beinen auf dem Bauch in der Sonne, und zweimal ging ich zum Kiosk und kaufte zuerst Ansichtskarten und dann ein Taschenwörterbuch, und obwohl ich das nur getan hatte, um im Vorbeischlendern zwischen ihre Hinterbacken starren zu können, tat ich genau das nicht, sondern sah ostentativ auf das Wasser des Beckens, über dem immer noch Bremsen surrten. Sogar eine Libelle.

Erst nach dem Abendessen (Candlelight und ein Heer livrierter Kellner, am Nebentisch die Freundinnen vom Nachmittag, jetzt in hochgeschlossenen Abendkleidern und von drei graumelierten Herren umsorgt) verließ ich den Schutz dieser Hotelwelt und wanderte über ein weites staubiges Feld zur nächsten Wohneinheit hinüber, deren Lichter (es wurde gerade dunkel, über den Häusern letzte Sonnenflammen) mir den Weg wiesen. Dieselben Blocks, aber kein herabgestürzter Beton und mehr Blumen. Es gab sogar eine richtige Geschäftsstraße mit Wäschereien, einem Schallplattenladen (blinkende Farblichter im Schaufenster) und auch eine Kneipe, die *Futbol* hieß und in der in der Tat an einem Fernseher ein Fußballspiel lief. Davor etwa zwanzig Männer, die alle (alle gleichzeitig) jeden Spielzug kommentierten. Ich sah stehend zwei, drei Minuten lang zu, aber da mir alles wie eine ziemliche Bolzerei vorkam, setzte ich mich in die entfernteste Ecke an einen langen Holztisch, an dem mich nach einiger Zeit der Wirt entdeckte, ein kugelförmiger Mann, der sich widerwillig vom Fernseher löste und zu mir hergerollt kam wie ein ins Aus getretener Ball. Ich bestellte einen Pinga. Auch hier gab es viele Fliegen, aber ich war ja nun ein Forscher und versuchte, sie zu fangen; vergeblich. Trank dann den Schnaps, ein süßes Zeug, das mir nicht besonders gut schmeckte. Gerade als ich doch noch einen zweiten versuchen wollte, war das Fußballspiel fertig, und die Gäste stoben auseinander als hätten sie eine Sperrstunde einzuhalten. Ihre Frauen zu Hause wahrscheinlich. Der Wirt kam zu meinem Tisch und sagte eine Zahl, die ich verstand. Und während ich das Herausgeld in der Tasche verstaute, spürte ich, wie die aseptischen Fachtermini meines Berufs schmerzlich lebensnah wurden: Kaufkraftschwund, Kreditunfähigkeit und Insolvenz.

Montag wechselte ich meinen letzten Hunderter und machte mich auf den Weg zur Universität, in einem modernen überfüllten Bus, der von Haltestelle zu Haltestelle leerer wurde (vor Fabriken aus den immergleichen Fertigbauteilen), bis ich der letzte Fahrgast war: und einmal mehr in einem staubigen Niemandsland zwischen dürren Gräsern stand und auf einem Trampelpfad auf flache weiße Gebäude zuging, die im Sonnenlicht flimmerten wie eine Fata Morgana. Gott sei Dank war es keine, es war wirklich die Uni, und ich stand sogar ziemlich bald vor dem Block C; Treppen, auf denen Topfpflanzen wucherten, führten in den Keller, wo die Labors waren. Ich sah Professor Schmitt sofort, seinen breiten Rücken, über eine Studentin gebeugt, die sich unter den Muskelmassen seines

Bauchs krümmte. Beide stocherten in einer Emailwanne herum. An ein paar andern Tischen Studenten an Mikroskopen, und einer auf einer Leiter, der immer wieder gegen eine Neonröhre klopfte, die dann jeweils aufflackerte. Ich wartete hinter Professor Schmitt, bis er mich spürte und sich umwandte. »Ah, da sind Sie ja.« Er trug heute eine gebügelte Hose und ein Hemd mit einer aufgestickten Lilie. Ohne ein einziges Wort konventioneller Hoflichkeit zu verlieren begann er sofort mit der Führung und zeigte mir einen Apparat nach dem andern (»kaputt« oder »nicht kaputt«, etwa halbe-halbe), und weil er ununterbrochen sprach, wurde meine Sorge, in ein Fachgespräch verwickelt zu werden, immer kleiner. Gerade als sie ganz geschwunden war, blieb er stehen und sagte: »Was *genau* wollen Sie eigentlich auf meiner Anlage berechnen?«

»Also das ist so«, antwortete ich und blieb auch stehen. »Wollen wir nicht ein Bier trinken und das Ganze besprechen?«

Professor Schmitt überhörte meinen Vorschlag und öffnete eine Tür. Vor mir stand eine große Computeranlage, die so still war als schliefe sie. Eine Fujitsu.

»Oder einen Pinga?«

Professor Schmitt öffnete die Schublade eines kleinen Schreibtischs, holte eine Flasche hervor und gab sie mir. »Bitte.« Er setzte sich vor den Bildschirm. »Es wäre erstaunlich, wenn diese Anlage Ihrem Problem nicht gewachsen wäre.« Er drückte einige Tasten (zögernd), und grüne Symbole leuchteten auf. Ich trank schnell einen Schluck aus der Flasche.

»Ich bin die rechte Hand meines Kollegen«, sagte ich. »Er hat alle Unterlagen. Er kommt in den nächsten Tagen. Ich habe ja auch meine eigenen Probleme. Taverniden sind auch wissenschaftlich gesehen widrige Biester.«

Ich versuchte so ähnlich zu lachen wie Professor Schmitt es gestern bei unserm Abschied getan hatte (ein Wissenschaftlerlachen), aber dieser sah mich so ernst und forschend an, daß ich gleich wieder aufhörte. Statt dessen trank ich einen zweiten Schluck, und als Professor Schmitt auch danach nichts sagte, sondern sich wieder seinem Bildschirm zuwandte, begann ich in seinen Rücken hinein zu reden als hätte ich einen Fehler gutzumachen; sprach von der zunehmenden Belastung der deutschen Forschung durch die Verwaltung, vom Numerus clausus und seinen Folgen, von der Verquikkung von Profitorientierung und Erkenntnissehnsucht und davon, daß es gar nicht so einfach sei, in nördlichen Ländern wie meinem die zu Forschungszwecken benötigte Anzahl von Bremsen zu beschaffen. An diesem Punkt (ich hatte sehr schnell ziemlich viel Pinga getrunken) löste Professor Schmitt seinen gewaltigen Körper seufzend vom Bildschirm, sah mich wieder wie vorher an, forschender noch, und sagte, bestens, mein Freund, ob er mich nach Hause fahren dürfe. Es sei sowieso sein Weg. Er gab der Studentin (sie hatte traurige, fast tränende Augen) ein paar Anweisungen, und gleich darauf saßen wir in einem Volkswagen, der so uralt war, daß ich durch Rostlöcher unter mir auf die Straße sah. Der Motor mit jenem VW-Sound von früher; als zertrete jemand rasend schnell Walnüsse. Professor Schmitt (noch immer schweigend) schnitt alle Kurven und fegte über die Rampen der Auf- und Abfahrten wie über Sprungschanzen. Mit kreischenden Reifen hielten wir vor dem Hotel, und ich bestürmte ihn (als müsse ich dieses Schweigen um jeden Preis brechen), mit mir zu essen. »Bitte, seien Sie mein Gast, *bitte.*« Schließlich willigte er ein und schob seinen Elefantenkörper durch die Drehtür. Wieder waren wir von vielen Kellnern umschwärmt, und Professor Schmitt, keineswegs gesprächiger, aß für vier: viele schwarze Bohnen mit noch mehr Fleisch. Nachher saßen wir in der Bar, die wieder völlig leer war bis auf einen Kellner, der gelangweilt hinter der Theke stand. Ich bestellte einen Kaffee (jetzt wechselte Professor Schmitt zum Alkohol und wählte einen Zwetschgenschnaps) und berichtete immer hektischer von Frankfurt (meinem wahren Leben und einem erfundenen), von der Geldmittelknappheit in Europa, und später, daß ich gestern dort im Hotelgarten drei völlig nackte Frauen gesehen hätte. Wunderbar. Trotzdem könne ich eigentlich nur an meine Freundin denken; früher, da sei ich mit allem einverstanden gewesen, was irgendwie weiblich ausgesehen habe. Professor Schmitt lächelte nun und sagte (endlich sprach er), er schätze die deutschen Frauen sehr; sicher sei mein Fräulein Braut auch eins von diesen wunderbaren Wesen. Dann stand er auf und gab mir die Hand. Weg. Ich verschluckte den Satz, den ich gerade angefangen hatte (etwas über die Schönheit der Brasilianerinnen). Er ging zum Empfangschef, einem glatzköpfigen Mann in einer schwarzen Uniform, und sagte etwas zu ihm. Verschwand in der Drehtür ohne mir nochmals zuzuwinken, und gleich darauf donnerte sein Auto los wie ein startender Jet. Was hatte ich falsch gemacht? Ich bezahlte die Getränke und steckte den Schein, den der Kellner mir zurückgab, in meine Hemdtasche; kein Trinkgeld, denn er war mein letzter. Ich war schon beinah im Lift, als ich meinen Namen rufen hörte. Der Empfangschef. Ich schwankte zu seinem Pult; die Drehtür rotierte noch immer wie ein Karussell ohne Gäste.

»Ihre Rechnung«, sagte er und schob mir ein Papier hin. »Unser Haus erlaubt sich, dreimal wöchentlich zu liquidieren.«

»Natürlich, natürlich«, murmelte ich und starrte auf die fabulös hohe Summe. »Mir wäre es allerdings lieber, morgen oder übermorgen ...«

»Ich muß darauf bestehen.« Er verwandelte sich, durch kaum merkliche Muskelbewegungen, in ein Gebirge. Von seinen kalten Höhen drohten mächtige Eisschläge.

»Aber gewiß doch«, sagte ich. »Ich hole mein Geld im Zimmer oben.«

Der Empfangschef nickte. Eine Lampe, die hinter ihm an der Wand leuchtete, ging wie eine fahle Sonne über seiner Glatze auf und gleich wieder unter. Ich ging zum Lift und, als der Empfangschef sich einem andern Gast zuwandte (einer Dame mit violetten Haaren), zum Hinterausgang und ins Freie. Eilte mit großen Schritten auf das Geschäftszentrum zu und fühlte mich in der weiten Ebene (einem Niemandsland) wie zum Abschuß freigegeben. Ein bißchen ruhiger wurde ich erst, als ich im Schatten der Ladengalerien untertauchte. Viele Menschen. Ich schlenderte in ihrem Tempo und atmete langsamer. Dachte, daß ich den Verlust der Reisetasche verschmerzen konnte. Das Rasierzeug war auch weg. Ich spürte, wie mein Bart wuchs.

Die nächsten Stunden verbrachte ich auf einer Treppenstufe, auf der auch andere Menschen saßen. Einige Jungen zum Beispiel, mit erstaunlich schmutzigen Händen. Ein alter Mann mit wirren grauen Haaren. Vielleicht schlief ich ein bißchen; ich fühlte mich jedenfalls ziemlich verklebt, als ich mich aufrappelte und (auf der Suche nach einem Postamt) einem unendlichen Busbahnhof entlangging. Wieder ein Trampelweg über unbebautes Gelände. Ich gab ein Telegramm an Jimmy auf (in dem ich ihn bat, seine Ankunftszeit hauptpostlagernd zu melden und mir telegrafisch Geld auf die Banco do Brasil zu überweisen) und sah meinen letzten Geldschein in einer Schublade verschwinden. Aber nochmals kriegte ich eine Münze. Vielleicht war dies das Zaubergeheimnis dieser Währung: daß man immer etwas zurückbekam. Viel wert konnte dieses Metalldings aber nicht sein. Ich ging zu dem Geschäftszentrum zurück und durch ein großes Warenhaus (zwischen Menschen fühlte ich mich am sichersten) und setzte mich erneut auf die Stufen. Dort saß ich und träumte und versuchte, nüchtern zu werden, bis mir jemand eine Münze (die gleiche wie meine) in meine herabbaumelnde rechte Hand legte. Ich fuhr hoch als habe mich eine Schlange gebissen: eine Schwarze mit Kraushaaren und engen Jeans, die sich nicht mehr nach mir umwandte. Ein kleines Kind mit Zöpfen an ihrer Hand, plappernd und an einem Eis lutschend.

Ich aß nichts und schlief in den Büschen eines Parks, aus denen es die ganze Nacht über keuchte und stöhnte: keine Liebespaare, wie ich zuerst dachte, sondern Männer und Frauen, die von Träumen geplagt wurden, die ich noch nicht kannte. Als die Sonne aufging (rot, leuchtend), krochen sie überall aus dem Geäst hervor. Kinder auch, die ein Schuhputzzeug ordneten und zu ihrer Arbeit davontrotteten. Ich war feucht (wenigstens geregnet hatte es nicht) und turnte ein bißchen herum, nicht auf die sportliche Art, sondern um die zerdrückten Muskeln wieder zum Leben zu erwecken. Weil ich ratlos war, was ich tun sollte, schloß ich mich den vielen an, die wie Blumen aus den Büschen herausgewachsen waren, einer gemächlichen Prozession, deren Ziel ein großer Platz am andern Parkende war. Viele Menschen, Männer fast nur, die wartend herumstanden. Rauchten und plauderten. Manche standen in Träumen. Hie und da gab es in der Menge eine plötzliche Bewegung, so wie wenn jemand ein Stück Brot in einen Karpfenteich wirft. Dann wieder Ruhe. Einmal bahnte sich ein Lastauto hupend seinen Weg und hielt ganz in meiner Nähe; auf seiner Pritsche ein Mann (ein Herr), der mit einem Stöckchen auf einzelne von uns zeigte; die sprangen dann auf den Laster. So kriegte man hier Arbeit. Ich wollte mich eben abwenden und durch den Park zurückgehen (wohin?), als ein schnauzbärtiger Mann in einem weißen Anzug aus dem Nichts vor mir aufwuchs und mir einen Finger in die Brust bohrte. »Du!« Seltsamerweise war ich sofort einverstanden und trottete hinter ihm drein, zusammen mit einem alten Mann, der keinen einzigen Zahn mehr im Mund hatte und mir eine lange Geschichte zu erzählen begann. Ich lächelte und deutete auf meine Ohren. Er sah mich einen Augenblick lang verdutzt an und sprudelte dann seine Geschichte weiter aus sich heraus, nur viel lauter, eine komische offenbar, denn zuweilen lachte er. Hörte auch nicht auf, als wir auf die Pritsche eines Landrovers kletterten und uns zwischen Kisten und Schaufeln setzten. Der Mann im weißen Anzug verschwand in der Fahrerkabine, neben einem andern, der am Steuer gewartet hatte, und wir fuhren los. Zuerst über Stadtautobahnen, dann zwischen Wellblechslums, schließlich auf einer schnurgeraden Ausfallstraße am Flughafen vorbei, wo gerade eine Maschine startete; weder der alte Mann noch ich hoben den Kopf. Dann waren wir in der Ebene, die ich von oben gesehen hatte: zwischen stummeligen Büschen, die aus

Steinen wuchsen. Ganz selten nur ein einzelner hoher Baum. Keine Tiere, nicht einmal Vögel; nur einmal eine totgefahrene Schlange, die so schnell hinter uns verschwand, daß ich keine Zeit zum Erschrecken fand. Ich, der ich oft auf Spaziergängen im Taunus vor Blindschleichen geflohen war, die sich dann erst noch stets als nasse Äste erwiesen hatten. Später hielten wir vor einer Tankstelle (alles rostig; keine Marke), neben der eine Holzbude stand, Laden für alles und Bar in einem, und ich konnte meinen verpaßten Schrecken nachholen; denn der Fahrer, der sich aus der Kabine herauswälzte und zur Theke hinüberschlenderte, war Professor Schmitt, mein Professor Schmitt in seiner ganzen Größe. Er stand (während sein Begleiter tankte) leibhaftig und unzweifelhaft unter dem Blätterdach dieses Landstraßenrestaurants, riß die Lasche einer Bierdose auf, setzte sie an den Mund und trank. Einen Augenblick lang drehte sich etwas wie grenzenlose Panik in mir, und ich wollte abspringen und in den Büschen verschwinden; aber dann spürte ich nur noch *meinen* Durst und glotzte auf den trinkenden Professor (neben mir der alte Mann, der mir seine Geschichte ins Ohr schrie), bis dieser die Büchse in einen Gitterkorb warf, dem Wirt etwas zurief, was diesen zu einem Grinsen veranlaßte, und zum Auto zurückkam. Ich sah ein bißchen weg, duckte mich aber nicht wirklich. Sofort fuhren wir weiter, und jetzt erkannte ich seinen Fahrstil: er trieb entgegenkommende Autos hupend auf die Sandränder hinaus. Nach einiger Zeit bogen wir in einen schmalen, geschotterten Weg voller Schlaglöcher ein, über die wir kaum langsamer als zuvor hinwegrasten. Der alte Mann und ich wurden wie zwei Würfel in einem Becher geschüttelt. Ich stöhnte nicht einmal mehr, wenn es mir wieder nicht gelungen war, einen Schlag gegen die Knochen abzufedern. Auch der alte Mann war stumm geworden. Draußen noch immer diese Klapperschlangenlandschaft, und nur selten hüllte die lange Staubfahne hinter uns einen Esel, einen Bauern oder ein paar herrenlose Ziegen ein. Endlich hielten wir neben zwei Lehmhütten, die aber nicht unser Ziel waren, denn Professor Schmitt stampfte gleich durch den Busch davon; wir, nachdem wir uns mit den Kisten vollbepackt hatten, hinter ihm drein. Der Mann im weißen Anzug trug die Schaufeln. Irgendwoher war auch ein Hund aufgetaucht und rannte in weiten Bögen um uns herum. Bald kamen wir zu einem trägen Fluß, in dessen Mitte bereits Professor Schmitt watete. Wir folgten ihm (der alte Mann rief mir etwas zu, und diesmal glaubte ich das Wort *Alligator* zu verstehen; das Wasser braun und voller Hölzer), und ich trank im Gehen mit großen Schlucken. Auf der andern Seite dieselben Büsche. Aber mehr und mehr gab es nun auch andere Pflanzen, Bäume zuweilen sogar; große Blütenbüsche. Vögel. Einmal flatterte ein ganzer Schwarm Papageien mit leuchtenden Schnäbeln auf. Zwischen Schilfgräsern ein Pferd. Einzelne Maispflanzen, Zuckerrohr, so etwas wie Weizen. Alles eher die Schatten von Pflanzen und Tieren, nicht sie selbst.

Auch die Farm, zu der wir schließlich gelangten, war eher eine Parodie; ein paar Hütten mit eingestürzten Wänden und lecken Dächern. Schweine und Hühner. Professor Schmitt verschwand in einer Hütte, der schönsten, und wir fanden uns in einer wieder, durch deren Dach wir den Himmel sahen. Ein gestampfter Lehmboden, auf dem zwei Strohsäcke lagen. Der alte Mann drehte sie mit der Fußspitze um, lachte und machte einen zahnlosen Witz, der seine Welt wieder ins Lot brachte. Durchs Fenster sah ich eine junge Frau, die den Schweinen Maiskolben zuwarf. Fast noch ein Kind, indianisch, mit einem verwaschenen Kopftuch. Der Begleiter Professor Schmitts (nun trug er viel derbere Arbeitskleidung; war er der Verwalter dieser verlotterten Farm?) legte gerade einen Arm um sie und versuchte, sie zu küssen; aber sie bog sich fast wütend weg. Er ließ sie los (grinsend), kam zu uns und gab jedem ein großes Sichelmesser, das der alte Mann an seinen Gürtel hängte und ich von mir weghielt als sei es in Curare getränkt. Wir mußten ein Feld roden, auf dem die Reste verschiedener Pflanzungen gleichzeitig wucherten. Zuckerrohrstengel hauptsächlich, aber auch Maisreste, Getreideflecken, ganze Bäume zuweilen, zwischen denen Schlingpflanzen hingen. Ich hatte noch nie so ein Messer gebraucht und versuchte es dem alten Mann gleichzutun. Aber obwohl die Arbeit nicht schwierig zu sein schien (Messer ansetzen, ratsch, nächste Pflanze), blieb ich doch sofort hinter ihm zurück. Bald auch brüllte der Aufseher etwas. Ich sah mich nach ihm um, aber er war schon wieder mit dem Laufrad eines Sodbrunnens beschäftigt; eine Zigarette im Mundwinkel. Während sich die vom alten Mann gefällten Pflanzen graziös zur Seite neigten, stürzten meine kreuz und quer über mich hin. So ein Zuckerrohr war drei Meter hoch und kam wie der Knüppelschlag eines Riesen herabgesaust. Bald tat mir alles weh, und als sich der alte Mann zu einer Rast hinhockte (weit vor mir), ließ ich mich auch zu Boden fallen. Aber da wurde der Aufseher gleich wieder lebendig und rief etwas, was ich richtig verstand, denn als ich weiterarbeitete, konzentrierte er sich erneut auf sein quietschendes Rad. Mücken stachen mich. Immer wenn ich beim alten Mann ankam, stand er auf und fällte diese Satansgewächse als seien sie Stroh. Ich verpasste Pause um Pause bis mir die Sonne tief ins Gesicht schien und uns der Aufseher etwas zurief. Feierabend. Wir wuschen uns im Fluß; ich als könne das Wasser meine Muskelschmerzen heilen. In einiger Entfernung ritt Professor Schmitt vorbei, auf dem Pferd von vorhin, mit einer Angelrute in der Hand. Als wir zu den Hütten zurückkamen, rannte die junge Frau hinter einem panisch fliehenden Huhn drein; beide verschwanden hinter einem Bretterverschlag, und gleich darauf hörte ich jenes Schreien, das mir sagte, daß das Huhn seinen Tod erkannt hatte. Bäume und Hütten waren schwarz geworden, der Himmel jedoch blieb rotglühend, voller Vögel. Ich saß neben dem alten Mann an die Hüttenwand gelehnt und versuchte, ihm zu erklären, daß ich aus Deutschland käme; aber er erzählte sofort einen neuen Teil seiner Lebensgeschichte. Ich nickte als ob ich ihn verstünde, und hoffte, ihn auf diese Weise schließlich wirklich zu verstehen. Als auch der Himmel schwarz geworden war, kam die Frau (lautlos aus der Dunkelheit) und brachte uns eine Schüssel voller Bohnen; Stücke von dem Huhn dazwischen. Ich aß mit einem Hunger wie noch nie. Schwarze, große Augen, ihre; und plötzlich ging sie wieder, von der Finsternis aufgesogen.

Ich schlief schlecht und hörte den alten Mann, der im Traum sprach. Ein Flehen als lebe er in dieser einen Nacht nochmals sein ganzes Leben. Sprach er mit seinem Kind, das, wenn er morgen aufwachte, wieder erwachsen war oder tot? Am Morgen dann schlief *ich*, wie ein Stein sogar, denn der alte Mann schüttelte und schüttelte mich, bis ich endlich begriff. Während ich, völlig verstört, Hemd und Hose anzog, plapperte er schon wieder. Kein Frühstück. War das normal? Der Aufseher fuhrwerkte beim Schweinekoben herum und überschüttete die Ferkel mit Wasser. Aus dem Feld flogen Papageien auf. Ein erstes Rot leuchtete aus dem Horizont, aber noch war es kühl und nahezu angenehm, das Messer zu schwingen.

Sofort verhedderte ich mich wieder in Stengeln und Lianen, während der alte Mann durch die Zuckerrohre schritt. Die Sonne ging auf, und mir wurde klar, warum sie in solchen Gegenden angebetet wird. Götter sind böse und können töten; diese Sonne konnte es auch. Ich hatte noch nicht einmal einen Hut. Taumelte in ihrem Mordfeuer vorwärts und hieb meine Sichel ziellos ins Grün. Ich glaube, ich weinte. Jedenfalls sah ich das Fallen der Pflanzen nicht mehr und spürte kaum, wenn mich so ein haushohes Gewächs traf. Irgendwann einmal sah ich durch den Schweißschleier vor meinen Augen die Frau auf mich zukommen. Sie brachte uns eine große Kanne Kaffee und die unvermeidlichen Bohnen. Wieder kauerte sie sich neben uns, und ich versuchte einen Witz zu machen: ich sei ein *alemão,* aber ich schaffte es noch nicht, auch das L und das M durch die Nase zu sprechen. Sie verstand mich nicht; und sofort startete der alte Mann eine neue Geschichte, die sie in die Flucht trieb; zahnloses Portugiesisch war auch ihr zuviel.

Lange schlug ich dann mein Messer in ein immer roteres Licht hinein (keuchend, schweißgebadet), als der alte Mann plötzlich aufheulte und sich in den gefällten Zuckerrohren wälzte. Blut überall, ein im Schmerz verzerrtes Gesicht. Auch die Sichel, die er weiterhin umklammert hielt, triefend rot. Mehr sah ich nicht, weil ich ohnmächtig wurde. Als ich wieder aufwachte, lag ich auf meiner Matratze; trug an der linken Hand einen weißen Verband. Vor mir, auf der Hüttenmauer, das Schattengitter des Fensters; es war Abend geworden. Unter der Tür stand die Frau, ernst, mit einer Schüssel Bohnen und einer Flasche Wein in den Händen. Das war nun wirklich ein Wunder, und ich stürzte mich darauf wie auf eine Medizin aus der alten Welt. Die Frau stand wie eine Statue; mit glänzenden Augen und einem halb offenen Mund.

»Wie gehts?«

Ich erschrak beim Klang ihrer Stimme, obwohl eine sanftere kaum vorstellbar war. »Wieso können Sie englisch?«

»Der Professor hat es mir beigebracht. Das ist eine Indiogegend. Ich lehre ihn unsre Sprache.«

»Aha.«

Sie erzählte mir, ich sei in die spitzen Zuckerrohrstoppeln gestürzt. Der Professor (sie nannte ihn so) habe den alten Mann ins Spital gefahren; eigentlich müßte er längst zurück sein. Es gebe immer wieder Tote in dieser Gegend. Von einem Tag auf den andern sei ein Gesunder krank, und wer es einmal sei, sterbe fast stets. Auch junge; gerade sie.

»Der Professor ist wütend.« Sie war immer noch bewegungslos. »Er will Ihnen nur den halben Lohn zahlen. Und vom alten Mann sagt er, der habe noch nicht einmal eine Unfallversicherung.«

Ich nickte und stand auf; das heißt, ich versuchte es, denn meine Beine (kaum war ich halbwegs oben) wurden weich, und ich fiel auf den Strohsack zurück. Rang nach Luft, in wirbelnden Sternen sitzend.

»Sie können nicht arbeiten«, sagte die Frau. »Morgen fährt sie der Professor nach Hause.«

»Nein«, keuchte ich. »Ich gehe allein.«

In diesem Augenblick ging Professor Schmitt, irgendwelche Befehle rufend, über den Platz draußen und verschwand in seiner Hütte. Die Frau löste sich in der Nacht auf. Ich hörte das Zischen einer Bierdose. Lag auf dem Rücken und sah ins Schilf des Dachs hinauf. Ein Stück Himmel da und dort zwischen den Blättern. Es hatte eine Zeit gegeben, da Kranksein etwas Schönes gewesen war. Eine verwandelte Mutter hatte mir Tee und Zwieback gebracht. Einmal war ich so krank gewesen, daß der leiseste Laut mich fast umgebracht hatte; die ganze Familie war tagelang in einem abgedunkelten Haus auf Socken geschlichen.

Ich schlief ein, und als ich wieder aufwachte, war es völlig dunkel geworden. Ich lag starr und versuchte herauszufinden, was mich geweckt hatte. Als ich es wußte, versteinerte ich noch mehr: ein Sirren oder Klappern, irgendwo vom Fenster her. Ich tastete, kaum atmend, nach Streichhölzern; fand keine; und stürzte in einem panischen Sprung ins Freie hinaus. Das Klappern klang nun anders: der Fensterladen, der im Wind gegen die Mauer schlug. Ich war so erregt, daß ich es auch jetzt nicht komisch fand. Stand lange in der frischen Nachtluft (die Hütte blieb gefährlich) und sah in den Himmel hinauf. Sterne. Ein Satellit zog langsam vorbei. In der Hütte des Professors brannte noch Licht, und ich weiß nicht, was mich dazu bewog, ich schlich zu seinem Fenster. Merkte erst, als ich nahe bei dem gelbflackernden Fenster in einen Dorn trat, daß ich barfuß war. Immer schon hatte ich sehen wollen, was ich stets nur getan hatte. Tatsächlich waren Professor Schmitt und die Frau zusammen (in einem Raum voller

Decken und Kissen), aber nicht nackt, ineinander verschlungen, sondern im Gegenteil gekleidet als brächen sie zu einer Wanderung auf. Derbe Lederschuhe. Und fast sofort öffnete Professor Schmitt die Tür (ich klebte atemlos an der schwarzen Hüttenwand), beide traten ins Freie und gingen im Sternenlicht davon, auf einem schmalen Pfad durch das gerodete Feld. Ich huschte hinter ihnen drein.

Wir gingen im Zickzack durch immer dichtere Stauden, und jäh (als sie sich immer noch nicht küßten) wurde mir klar, daß ich ohne sie den Rückweg nicht mehr fände. Sofort wurde es fast unmöglich, sie nicht aus den Augen zu verlieren. Sie gingen als hätten sie ein Ziel, stetig und schnell. Wir kamen zu einem breiten Weg, einer Buschpiste beinah. Ich ging dicht hinter den beiden; einmal, als Professor Schmitt plötzlich stehenblieb, prallte ich beinah in seinen Rücken und stand atemlos, auf einem Bein balancierend. Dann gingen wir weiter, so lange, daß ich es fast schön zu finden begann. Aber plötzlich waren beide verschwunden, aufgesogen von einem schwarzen Pflanzenvorhang, in den ich mich (zu Tode erschrocken) hineinwühlte und der dann ganz dünn war: dahinter ein lichter Wald (dünne Stämme fast ohne Laub) und in der Ferne lodernde Feuer, deren Schein ich zuvor nicht gesehen hatte. Professor Schmitt und die Frau als schwarze Silhouetten vor mir. Um die Feuer andere Schatten, Männer und Frauen, die mit nackten Oberkörpern dasaßen. Ich kauerte mich zwischen die Bäume, als Professor

Schmitt und die Frau sich ohne jede Begrüßung zwischen die andern setzten und Jacken und Hemden auszogen. Professor Schmitts Bauch kannte ich ja; die Frau hatte beinah noch den Körper eines Kindes. Olivfarbene Haut. Ein Wispern setzte ein, so wie wenn Wind durch messerscharfes Gras weht: die Sitzenden erzeugten es mit Instrumenten, die ich nicht sah, weil sie sie zwischen ihren aneinandergepreßten Handflächen vor die Münder hielten. Das Sirren wurde lauter, wahnsinnige Urwaldgrillen, und endlich mischten sich tiefe dumpfe Töne hinein; Tod. Woher? Alle (Männer und Frauen) wiegten sich im Schein der Feuer wie Gewächse in einem kreisenden Wind (die Frauen heftiger als die Männer), und auch ich wiegte mich in meinem schwarzen Gebüsch und wandte kein Auge von der Frau. Sie war ruhiger als die andern; ihr glühender Körper fast bewegungslos; über ihren Schultern lange schwarze Haare, die schwangen wie Algen in einem Meer. Das Sirren wurde noch lauter, Trommeln schlugen von weit hinten aus der undurchdringlichen Nacht, und genau dort flammten plötzlich mehrere neue Feuer auf, gewaltigere als die vor mir, und beleuchteten eine Gesteinsstatue, eine meterhohe Indiosphinx, deren Schädel (ein weiches Rund mit pupillenlosen Augen) über einem wulstigen Steinbauch thronte. Gott, aber dicker. Gräser und Büsche wucherten aus ihm. Farne. Irgendwo hatte ich so eine Statue schon einmal gesehen, und sie hatte ein ungutes Gefühl in mir ausgelöst, das ich nun, ohne mich zu erinnern, woher es kam, wieder empfand. Plötzlich erhob sich ein Mann (auch er ein Koloß, mit nacktem Oberkörper) und kletterte mühsam (drei Männer schoben ihn an Hintern und Beinen) in die Mulde, die die im Schneidersitz gefalteten Beine des Steingötzen bildeten; und ihn erkannte ich sofort: Hua O'Leary, meinen Geschäftspartner aus Gordes, der nun allerdings keinen europäischen Maßanzug mehr trug, sondern ein um die Hüften gewickeltes Tuch. Das Sirren und Trommeln wurde tobend laut und brach ab. O'Leary schaute zum Himmel und begann zu sprechen (er und der Steingigant glichen sich), und seine Stimme klang ähnlich wie in unsrer gemeinsamen Nacht. Nur viel ruhiger, als erzähle er eine nicht sehr spannende Geschichte. Die Zuhörer saßen dennoch aufmerksam zwischen den Feuern; auch die Frau hörte zu. Bald allerdings sprach O'Leary eindringlicher (zuweilen sah er in ein Buch), schneller auch; als müsse er etwas Unbekanntem zuvorkommen. Und plötzlich verstummte er, sah nach oben, rief fast weinend etwas, was ich nicht verstand: und schon prasselte ein heftiger Regen los. Donner. Und nun auch Blitze. Er hatte es wirklich mit den Elementen. Stand hilflos zwischen den Beinen des Steingiganten, stampfend und brüllend. Er traute sich wohl nicht, in den Abgrund vor ihm zu springen. Aber niemand half ihm aus seinem luftigen Gefängnis heraus, denn alle rannten zwischen den im Wasser zischenden Feuern hin und her; allerdings eher lachend. Ich war so plötzlich zwischen ihnen, daß ich dachte, das ist mein Tod. Ich kannte das Urteil, das den trifft, der das Geheimnis aufdeckt. Aber nichts geschah. Alle versuchten sich vor den plötzlichen Wassern zu retten; ich mit ihnen. Wenn jetzt jemand etwas rief, dann portugiesisch. Ich sah den massigen Rücken Professor Schmitts und folgte ihm. Die Frau war nicht bei ihm; war sie schneller gelaufen? Immer mehr Männer und Frauen verschwanden in den Büschen. Als ich bei der Blätterwand anlangte, wandte ich mich um und sah ganz weit weg, im Qualm der verlöschenden Feuer, Hua O'Leary in den Armen seines Götzen. Weinte er? Ich rannte weiter, und bald war ich wieder mit Professor Schmitt allein, vorsichtig wie zuvor, um nicht entdeckt zu werden. Er trottete in dem Donnerwetter dahin und schien es nicht mehr eilig zu haben. Blieb sogar im abgeholzten Zuckerrohr stehen und hielt sein Gesicht den Blitzen entgegen. Über und über naß. Wartete die Frau in der Hütte auf ihn? Ich hatte keine Lust mehr, es zu erfahren, und ging, als er sich endlich entschloß, seine Tür aufzustoßen, in meine Hütte, zog die naßen Kleider aus, legte mich auf einen Strohsack, nahm den andern als Decke und schlief sofort ein. Schlief und schlief bis tief in den Morgen hinein, weil mich niemand weckte.

Die Sonne schien wieder aus einem blauen Himmel, und an den Regen erinnerten nur ein paar Pfützen. Der Verband an meiner Hand (sie schmerzte mich kaum mehr) war mit einer roten Erde beschmiert, die es hier um die Häuser herum nicht gab. Ich schlenderte zum

Sodbrunnen, hockte mich auf seinen Rand, aß Bananen (kleine, wie für Kinder), die gleich daneben wuchsen, und wartete. Die feuchten Kleider dampften in der Sonne. Mir war es inzwischen egal, ob mich Professor Schmitt sah oder nicht (*dieses* Geheimnis schien mir lächerlich verglichen mit dem der Nacht). Kolibris schwirrten um die Bananen. Riesige Bienen. Zuweilen flogen zwei, drei Papageien hoch oben am Himmel, die Adler dieser Länder. Die Schweine wälzten sich in den Pfützen. Endlich trat Professor Schmitt aus seiner Hütte, gähnte und stöhnte und erwiderte meinen Gruß ohne jedes Erstaunen. Sah eine Weile in den Himmel hinauf und ging dann ins Haus zurück, aus dem sofort der Verwalter trat und mir mit einem Kopfnicken bedeutete, ihm zu folgen. Ich nahm meine Jacke und schaute, während ich hinter ihm dreinrannte, immer wieder zurück: aber die Frau blieb unsichtbar. Wenigstens das Pferd begleitete mich bis zum Fluß. Dann waren wir beim Landrover und fuhren los. Der Verwalter, der noch kein Wort gesprochen hatte, fuhr wie sein Herr (überflog die Schlaglöcher), aber alles ging gut, wenn ich davon absah, daß ihm mitten in der Buschebene das Benzin ausging. Jetzt fluchte und schimpfte er, und mehrmals verstand ich das Wort *Professor;* gesungene Messerstiche. Die Sonne glühte. Wir standen zwischen Gebüschen, die von Horizont zu Horizont wuchsen, und Verwünschungen ausstoßend kramte der Verwalter unter Lappen und Werkzeugen einen leeren Plastikkanister hervor und verschwand zwischen den Büschen. Wo ums Himmelswillen sollte hier eine Tankstelle sein? Aber das war nicht mein Problem, und ich setzte mich auf ein Trittbrett und wartete. Die Zeit verfloß in diesem Land tatsächlich anders als bei uns; zuweilen schien es sie gar nicht mehr zu geben. Echsen am Horizont hätten mich nicht erstaunt; Flugsaurier, die sich auf Gewürm wie mich stürzten. Aber es gab keine, dafür eine seltsame Prozession kleiner ameisenartiger Tiere, die in einer unendlichen Einerkolonne einem unbekannten Ziel zustrebten und alle ein sehr grünes Blatt trugen wie eine Fahne. Ich ging der Prozession mehrere hundert Meter weit entlang und gelangte zu ihrem Ursprung, einem nicht sehr hohen Baum, dessen Blätter die Tiere plünderten. Ihr Ziel waren kleine Erdhöhlen, weit weg, in denen sie verschwanden; und ohne ihr Grün kamen sie gleich wieder heraus und machten sich auf den Rückweg. Während ich über diesen geheimnisvollen Blättersammlern kauerte, sah ich, daß mein Verband, neben der roten Erde, nun auch noch voller Schmieröl war. Ich ging zum Auto zurück, bei dem der Verwalter stand und aus dem Kanister Benzin in den Tank füllte. Sein Gesicht glühte. Er setzte sich stumm hinters Steuer, und ich glaube, er wäre ohne mich losgefahren, wäre ich nicht sehr schnell eingestiegen. Woher hatte er das Benzin? Die Kabine ein Backofen. Wir fuhren nun noch schneller als vorhin und waren bald auf der asphaltierten Straße und bei der Tankstelle, und ich brauchte fast so dringend wie der Verwalter ein Bier, so daß ich mich neben ihn an die Theke stellte und er merkte, daß es mich auch noch gab. Er wühlte in den Hosentaschen und legte ein paar Scheine vor mich hin. Das *konnte* nur das Geld für einen Tag sein. Aber ich wollte mich nicht mit ihm streiten (wie denn auch!) und steckte es ein. Der Verwalter ging schon wieder zum Landrover. Der Flughafen, die Wellblechslums, und dann waren wir auf dem Platz, wo ich angeheuert worden war. Kein Mensch weit und breit. Der Verwalter entließ mich grußlos und fuhr sofort weiter. Ich war wohl keine Spitzenkraft gewesen. Was mochte aus dem alten Mann geworden sein? Saß er, seine jüngsten Schrecken in komische Geschichten verwandelnd, zwischen andern Genesenden im Hof eines Krankenhauses (ein in Verbände gemummelter Vater der ängstlichen Kranken um ihn herum), oder ragten seine nackten Zehen unter einem weißen Tuch hervor, im gekühlten Keller desselben Hauses?

12

Ich ging durch den Park, in dem ich geschlafen hatte (in allen Gebüschen Mulden), auf jene Hochhäuser zu, die mich schon am ersten Tag erschreckt hatten. Die Banken. Alle aus getöntem Glas, alle voll Geld, und zwischen allen Grünflächen aus Staub und Schmuckschalen, in denen dieselben roten Blumen wie im Hotelgarten wuchsen. Schon die Häuser der Bank für Gemeinwirtschaft oder der Deutschen Bank hatten sich in meinen letzten Frankfurter Tagen in drohende Riesen verwandelt; diese hier schienen mir regelrechte Ungeheuer zu sein, die die Fäuste, mit denen sie mich zerschmettern konnten, hinter ihrem Rücken verbargen. Aber ich *mußte* in eines von ihnen hinein, in die Banco do Brasil, deren schwarze Gläser die kleineren Nachbarhäuser spiegelten. Ich hatte früher einmal ein paar Geschäfte mit ihr gemacht und konnte mich an einen Dr. Marquíz erinnern, der in der Frankfurter Filiale eine mittlere Position innegehabt und mir Elektroaktien hatte verkaufen wollen. Durch eine gewaltige Drehtür betrat ich das Gebäude und stand in einer kühlen Halle (Geld kühlt sogar in den Tropen), in der ich mich sofort mit der sicheren Selbstverständlichkeit von früher zu bewegen versuchte, denn gleich neben mir standen zwei Wachbeamte und musterten mich. Ich bestand die Prüfung (kein Zögern, kein Schlurfen) und stellte mich hinter mehrere wartende Kunden, um in ihrem Schutz herauszufinden, wohin ich wirklich mußte. Kunstlicht. Kunstluft. Überall Schalter. Im Hintergrund eine breite Treppe, die zu einer Galerie hinaufführte, auf der Männer in Nadelstreifenanzügen hin und her eilten. Frauen übrigens auch, alle jung und in makellosen Blusen und Röcken; nur gebrochene Farben. Ich ging zu einem Schalter, über dem *foreign customers* stand, und fragte den Mann, der dahintersaß, wo ich eine telegrafische Überweisung aus der Bundesrepublik einlösen könne. Er sah hoch (bleich, mit wasserblauen Augen), erstarrte für die Zeitspanne eines Lidschlags und stempelte dann weiterhin ungerührt rosarote Formulare. Als ob es mich nicht gäbe. Die Formulare hatten unter hauchdünnen Kohlepapieren himmelblaue Durchschläge, und auch diesen drückte er sorgfältig seinen Stempel auf. Ich schaute ihm schweigend zu, bis er endlich erneut den Kopf hob; seine Augen waren grün geworden. Ich sagte dasselbe nochmals (langsam und laut), aber er blieb versteinert. Erst als ich »Do you speaka englisha?« sagte, stand er wie von einer Natter gebissen auf, kurvte um mehrere Schreibtische herum bis hin zu einem weit hinten sitzenden Mann, zu dessen Ohr er sich beugte. Der sah zu mir herüber wie einer, der rein zufällig und absichtslos seine Blicke spazierengehen läßt. Dann ging alles sehr schnell. Die zwei Wachbeamten, baumlange

Schwarze, an deren Hüften Revolver baumelten, schubsten mich durch die Halle auf die Drehtür zu. Avanti, avanti, auf portugiesisch. Ich rief, alles sei ein Mißverständnis (auch auf portugiesisch), und als ich schon in der Drehtür wirbelte, ich sei ein *amigo* von Dr. Marquíz. Aber dessen Name war kein Zauberlaut, und so stand ich so arm oder reich wie zuvor erneut auf dem Betonvorplatz. Das Gebäude über mir schaute augenlos und ohne Gnade. Ich sah zu, daß ich aus dem Schlagbereich seines Schattens kam, eilte eine lange Straße entlang und rettete mich schließlich in ein Lokal, das zwischen einer Hamburgerbude und einer Eisdiele die Mitte hielt. Erst jetzt, mit einem Bier an einer ketchupverschmierten Theke, merkte ich, wie erregt ich war. Daß ich zitterte. Entweder weil ich mein Geld nicht bekommen hatte (falls Jimmy es abgeschickt hatte) oder weil in nur einer Woche aus einem, der mit einem Kopfnicken hundert Tonnen Kakao kaufte, einer geworden war, dem man nicht zutraute, einen Scheck von irgendwoher zu bekommen. Die Frau von Professor Schmitts Farm fiel mir ein; ich hätte jetzt einen Trost gebraucht. Stand da und sah zu den im Abendlicht glühenden Banken zurück (es gab wieder eine Zeit; ich hatte also sehr lange auf den Verwalter und sein Benzin gewartet). Trank möglichst langsam. Als die Banken tatsächlich zu brennen schienen (keine Chance, daß sie es wirklich taten), ging ich und suchte mir ein möglichst billiges Hotel. Ich fand es in der Nähe des *Futbol*, ein zwischen zwei höheren Häusern zerdrücktes Kistchen, das *Florida* hieß. Füllte einen Meldeschein aus (hinter dem Empfangspult ein junges Mädchen, ein Kind fast) und improvisierte während des Schreibens so ungeschickt einen falschen Namen, daß meine Schrift wie Schülergekritzel aussah. Ich spürte, daß ich rot wurde; aber dem Kind war es egal. Im *Futbol* aß ich dann eine Art verschrumpelten Frankfurter und trank ein einziges Bier. Dann sah ich, wieder mit denselben Gästen, ein Fußballspiel vom Anfang bis zum Ende an, irgendeine Zweitligabegegnung (Brasilia spielte nicht in der besten Klasse), die im Café wilde Erregungen auslöste. Diesmal schaute der Wirt nicht zu, sondern stand hinter der Theke und schrieb etwas in ein kleines Heft. Wahrscheinlich machte er seine Jahresbilanz, denn er wurde immer düsterer und sah kaum mehr hoch, wenn alle wegen eines Tors im Café herumtanzten. Wieder war das Spielende auch das Aus für uns Gäste, und ich ging in mein Hotel (Tapeten, die von den Wänden hingen) und legte mich aufs Bett und sah, während ich langsam in Einschlafnebeln versank, immer unverhülltere Bilder der indianischen Frau, in die sich Erinnerungen an Johanna mischten.

Tatsächlich reichte mein Geld gerade für die Übernachtung. Nur ein zerknülltes Scheinchen und die obligate Münze blieben mir, aber ich hatte gut geschlafen und ging fast gut gelaunt zur Post und fand dort ein Telegramm vor, in dem stand, daß Jimmy jetzt, in diesem Augenblick, ankomme. Treffpunkt Flughafen.

Ich war so verblüfft, daß ich vor dem Schalter stehenblieb und das Telegramm wieder und wieder las, bis mich die Postangestellte, eine dicke Schwarze, mit einem freundlichen Witz vertrieb. Etwas wie, Liebe mache blind, oder lahm, aber andere würden trotzdem gerne Briefmarken kaufen. Geld hatte ich weder für ein Taxi noch für den Flughafenbus, der zudem direkt vor dem Nacional abfuhr. So rannte ich ins Zentrum zurück und saß wenig später in einem städtischen Bus, der lähmend langsam der vertrauten Ausfallstraße entlangfuhr; an jeder Ecke hielt. Als wir noch längst zwischen den Wellblechhäusern waren, schwebte weit vorn das Flugzeug ein. Natürlich war diese Buslinie nicht für Fluggäste gedacht, sondern für die Einheimischen, die irgendwo in einer dieser Hütten lebten, und so stand ich plötzlich am falschen Ende der Piste neben einem hohen Gitterzaun, hinter dem rote und gelbe Scheinwerfer leuchteten. Ganz weit weg, auf der andern Pistenseite, das Abfertigungsgebäude. Mehrere Flugzeuge nebeneinander; Pistenfahrzeuge, wie Spielzeuge. Es regnete, ein zartes Gesprüh, während ich dem Zaun entlanghastete. Sicher beobachteten mich unzählige Sicherheitsbeamte. Völlig naß hetzte ich endlich in die riesige Halle, die leer war bis auf ein paar Männer und Frauen, die vor einer spiegelnden Glaswand warteten. Niemand behelligte mich. Jimmy stand auf der andern Seite der Wand an einem Gepäckförderband und hob eben einen schwarzen Kunststoffkoffer hoch. Er wirkte (ich hatte vergessen, *wie* klein er war) wie aus einem Musical, wie dessen Star. Sein Anzug diesmal crèmefarben, die Schuhe aus schillernder Seide, eine tadellos sitzende gelbe Krawatte. Die Glastür ging auf, und da war er (ausgeschlafen, locker) und schlenderte an meinen ausgebreiteten Armen vorbei als sei ich unsichtbar.

»Jimmy!«

Er blieb stehen und sah sich suchend um; verblüfft, aus heiterem Himmel eine Stimme vernommen zu haben. Ich rannte die paar Schritte zu ihm hin. Er erkannte mich und hob schützend die Arme.

»Was ist dir passiert?«

»Wieso?«

Aber natürlich verstand ich ihn. Ich hatte mich ja eben in der spiegelnden Glaswand gesehen: einen verstruppten bartstoppeligen Mann in farb- und formlosen Kleidern; an der einen Hand einen ekligen Verband.

»Fahren wir ins Hotel.«

Dieses war das Nacional, was denn sonst. Ich gestand Jimmy während der Taxifahrt, daß ich ein Jahr Gefängnis riskierte, wenn ich mich da blicken ließ. Jimmy sah mit gerunzelter Stirn aus dem Fenster (draußen die *favelas*) und brummte erst als wir in die Zufahrt zum Hotel einbogen, so wild werde es ja wohl nicht sein. Ich sei ja wirklich ganz außerordentlich aus den Fugen. Also kletterte ich aus dem Taxi und tappte hinter ihm drein (weit hinten der Empfangschef), und mir war nicht wohl.

Keine Ahnung, wie Jimmy es anstellte (wahrscheinlich lagen in seinem Paß ein paar Dollarnoten): kurz danach stand ich jedenfalls im selben Zimmer, in das man mir sogar meine Reisetasche zurückgebracht hatte, unter der Dusche und hätte beinah zu singen angefangen vor Erlösungsglück. Ich wollte es gerade wirklich tun, als Jimmy ins Bad trat (alles naß, die Spiegel dampfblind), mit einem hellgrünen Anzug über dem Arm, in den er mich hineinzwang, obwohl die Hosen zu kurz waren, der Knopf am Bund nicht zuging und die Jacke in den Nähten knirschte. Wenn, in unserem Musical, er der strahlende Held war, dann gab ich nun also den Tölpel.

»Los«, sagte Jimmy. »Professor Schmitt erwartet uns.«

Die Stadt dampfte in einer neuen Sonne (die roten Blumen leuchteten, vom Staub befreit), und wieder fuhren wir (diesmal in einem Taxi, dessen Fahrer sang) über Rampen und um Kreisel herum bis in jene graslose Steppe, in die die Uni verbannt worden war. Ihr Haupteingang hatte eine breite, von Palmen beschattete Treppe. Jimmy bezahlte mit einem großen Schein, den er aus seiner (meiner) gelben Ledertasche holte, und kümmerte sich nicht um das Herausgeld. Für ihn waren wahrscheinlich diese Cruzeiros überhaupt kein Geld.

»Professor Schmitt glaubt nicht, daß ich ein Biologe bin«, rief ich, während wir durch lange leere Korridore dröhnten. »Irgend etwas muß ich falsch gemacht haben.« Jimmy ging, statt zu antworten, noch schneller; stürmte die Treppen in den Keller hinunter. Im Labor alles wie beim letzten Mal. Die Studenten schüttelten ihre Reagenzgläser, und sogar der auf der Leiter klopfte immer noch an der Neonröhre herum, oder schon wieder. Professor Schmitt stand hinter der Studentin. Ein gewaltiger Rücken.

»Da sind Sie ja«, rief Jimmy. »Gehen Sie nie ans Telefon?«

»Ich war in Rio.« Professor Schmitt wandte sich um; schüttelte Jimmys Hand lange und heftig. »Ich brauche hie und da eine Großstadt. Brasilia riecht noch im Zentrum nach Busch.«

Er faßte Jimmy am Arm und führte ihn in den Computerraum, ohne sich um mich zu kümmern; weg; als gäbe es mich nicht. Ich blieb ratlos im Labor, neben den Schuhen des Studenten auf der Leiter, und sah ihm zu, bis er von der Neonröhre abließ und irritiert zurückstarrte. Also trat ich neben die Studentin: sie fing aus einem großen Glas Bremsen, betäubte sie (Pinzette, Wattebausch) und zerschnitt sie mit einem Skalpell. Noch eine Tabanidenforscherin, und diesmal eine richtige.

Ich schwitzte plötzlich und ging (rannte fast; die Tür tonnenschwer) hinüber in den Computerraum. Jimmy und Professor Schmitt standen vor der geöffneten Tasche und betrachteten ein kleines Gerät aus Metall und schwarzem Bakelit. »Ein Mikrotom«, sagte Professor Schmitt gerade. »Ich werde wahnsinnig.« Er drehte es hin und her. »Ist es mit der MacPharson kompatibel?«

Jimmy nickte. »Dank den Mikroprozessoren haben Sie auf Anhieb nahezu tausendmal präzisere Resultate als sie im Gander/Fowley beschrieben sind. Ich messe Gehirnstromabstände auf ein Millionstel Angström genau.«

»Ich weiß.« Professor Schmitt sprach unhörbar leise. »Man kann damit so ziemlich alles nachweisen.«

»Was eine Bremse *denkt*.«

Beide lachten, aus tiefstem Ernst hochtauchend (ein kluges Gelächter); standen dann eine Weile bewegungslos. Schließlich öffnete Professor Schmitt die Tischschublade und sagte fast zart: »Darauf müssen wir einen trinken.« Eine neue Flasche Pinga. Offenbar hatte er den Rest, den ich übriggelassen hatte, in der Zwischenzeit getrunken. Er stellte zwei Wassergläser neben den Koffer und schenkte sie randvoll. »Der da«, er wies mit dem Kinn auf mich; hatte mich also entdeckt, »trinkt der auch?«

»Er tut was er kann«, sagte Jimmy und winkte mir. »Ich möchte ihn auch Ihnen ans Herz legen.« Ich spürte, daß ich noch mehr schwitzte, und ging zu den beiden hin. Bekam auch ein Glas, und dann standen wir alle drei da und prosteten uns mit angewinkelten Armen zu. Professor Schmitt hatte wieder das Mikrotom in der Hand und schien es streicheln zu wollen.

Sofort dann (ich hatte meinen ersten Schluck noch im Mund) setzte sich Jimmy vor den Bildschirm und begann ihn mit Symbolen zu füllen. Hellgrünen Zeichen, die horizontalen Bahnen entlanghuschten. Als Professor Schmitt (das Mikrotom in der linken, den Pinga in der rechten Hand) hinter ihn trat, sagte er über eine Schulter hinweg: »Ich versuche herauszufinden, ob die Steuerimpulse isoliert codiert werden können.« Er drückte die Tasten so selbstverständlich als sitze er an einer Schreibmaschine. »Es sind nur eben sehr viele Daten.« Professor Schmitt nickte und bewegte die Lippen, während seine Augen den aufleuchtenden Symbolen folgten. Beide blieben still, bis der Bildschirm voll war, Jimmy den Ballen seiner rechten Hand auf eine breite Taste hieb und alles ins unsichtbare Gedächtnis der Maschine wegsauste. Einen Augenblick noch verharrten sie bewegungslos vor dem schwarzen Bildschirm (wie betend), dann wandte sich Professor Schmitt nach mir um und sagte: »Ich lasse Sie nämlich überwachen.« Er hob den Hörer eines Telefons ab und wählte eine Nummer. »Das muß ja jetzt wohl nicht mehr sein.« Er wollte noch etwas anfügen, hatte aber schon seinen Gesprächspartner am Apparat und sagte ein paar kurze Sätze. Hörte eine Weile schweigend zu und hängte dann ohne einen Abschied auf. »Sie waren wie vom Erdboden verschwunden. Wo waren Sie denn die ganze Zeit?«

»Da und dort«, sagte ich. »Ich habe nichts Besonderes getan.«

Professor Schmitt schüttelte den Kopf. »Die beste Polizei Südamerikas; und sie verliert einen Ausländer aus den Augen, der sich nicht versteckt.« Er schlug eine Faust auf den Tisch. Jimmy lächelte. Ich verzog keinen Mundwinkel, oder kam gar nicht dazu, denn Professor Schmitt faßte nach meiner Hand.

»Was ist Ihnen da passiert?«

»Ich bin gestolpert. In Stoppeln von Zuckerrohren. Die sind wie Messer.«

Er kratzte nachdenklich an meinem Verband herum (immer noch die rote Erde; Schmieröl), ließ meine Hand dann plötzlich fallen und schlug Jimmy, der darauf nicht gefaßt war, auf die Schulter. »Ich muß für ein halbes Stündchen weg. Die Pflicht.«

In der Tür war ein Guckloch. Professor Schmitt stupste der Studentin einen Finger in den Rücken; diese stand auf und ging hinter ihm drein. Ein dicker Hintern unter einer zu engen Schürze. Natürlich dachte ich, sie schliefen in irgendeinem Büro miteinander, auf einer schmalen Liege zwischen Schreibtischen; ein alltägliches Ritual. Als ich mich umwandte (drüben nur noch der Student, der mit der Neonröhre kämpfte), hielt Jimmy in der linken Hand ein Papier (O'Learys Schmierzettel) und wühlte mit der rechten in seiner Tasche herum. Tatsächlich nervös. Taschentücher, Hotelprospekte und perforierte Formulare flogen durch die Luft, ohne daß er fand, was er suchte.

»Ruf diese Nummer an.« Er gab mir ein Notizbuch mit einer rot unterstrichenen Rufnummer. »In Wiesbaden. Sag, es eilt.«

»In Wiesbaden? Wieso in Wiesbaden?«

Aber Jimmy hatte nun gefunden, was er vermißte (Monsieur Grandhommes Briefumschlag), und seine Finger wirbelten so schnell über die Tasten, daß sich der Bildschirm füllte als laufe in seinem Innern eine Farbflasche aus. Ich wählte das Fernamt und hatte auch sofort einen Beamten dran, der, kaum hatte ich meinen ersten Satz gesagt, »Do you speaka englisha?« rief. Darauf war ich ja nun gefaßt und sagte »Yes, Sir«, und dann meine Nummer. Erstaunlicherweise wiederholte er sie in einem sehr guten Englisch, während ich im Hintergrund seine Kollegen ihren magischen Satz rufen hörte. Eine Minute später war die Verbindung da. Ein Wunder. Ich reichte Jimmy den Hörer (niemand hatte sich gemeldet, nur das Klingeln war plötzlich verstummt), er horchte hinein, schob einen Stecker in die Anschlußbuchse des Computers und drückte eine einzige Taste. Dann stand er mit verträumten Augen vor dem Bildschirm, auf dem sich gar nichts tat; vielleicht hatte sogar er jetzt eine Art Liebesbeweis erwartet. Erst als ein grüner Stern aufblinkte (wie eine dringende Nachricht), zog er den Stecker aus der Buchse (der Stern erlosch) und hängte auf. Dann machte er sich daran, seine am Boden verstreuten Sachen in die Tasche zurückzuräumen.

»Professor Schmitt war nicht in Rio«, sagte ich. »Er besucht mitten im Busch Geheimkulte von Indios. Soll ich hinfahren, jetzt, wo niemand da ist?«

»Wieso? Ist doch egal, wie er seine Freizeit verbringt.«

»O'Leary ist auch dort.«

»O'Leary?« Jimmy schien verdutzt. »Na schön. Miet ein Auto, ein großes; morgen brauchen wir sowieso eins.«

»Ich habe kein Geld.«

»Im Hotel ist ein Hertz-Schalter. Gib meine Zimmernummer an.«

Ich fuhr in die Stadt und saß bald darauf in einem schwarzen Cadillac, dem nur noch Stander und Chauffeur fehlten, um eine Staatskarosse zu sein. Eigentlich hatte ich so etwas wie einen Toyota gewollt; einen Volkswagen *do Brasil*. Aber alle andern Autos waren weg. Der Weg nach Südosten war mir nun schon vertraut; er schien überhaupt der einzige zu sein, der aus dieser Stadt hinausführte. Die andern Straßen endeten wohl alle irgendwo in einer Steppe oder zwischen Lianen. Kein Flugzeug diesmal. Auch die Tankstelle mit dem Bierausschank beachtete ich nicht und fand den Schotterweg in die Büsche auf Anhieb. Viel langsamer als gestern der Verwalter kurvte ich um die Schlaglöcher herum, die mir dennoch das Steuer gegen die Hände schlugen; das Auto war für andere Straßen gebaut. Steine prasselten gegen den Wagenboden; im Rückspiegel nur Staub. Aber der Motor summte als sei er unverletzbar, und der Benzintank war voll. Einmal rannte ein Vogel, ein kleiner Strauß, mit hektischen Sprüngen davon; noch lange ragte sein Kopf aus dem Buschmeer wie das Periskop eines Unterseeboots. Viel schneller als ich das für möglich gehalten hatte war ich bei den Hütten. Stieg aus. Kein anderes Auto diesmal.

In einer glühenden Sonne ging ich zwischen den niederen Gebüschen und fürchtete mich vor Schlangen. Am Fluß zog ich die Hosen, Socken und Schuhe aus. Das Wasser war nicht tief, und träge, aber die unsichtbaren Steine waren glitschig, und mehrmals kämpfte ich um mein Gleichgewicht. Baumstämme trieben vorbei, und mir kam in den Sinn, daß der Alte etwas von Alligatoren gesagt hatte. Aber keines der Hölzer biß; auch am andern Ufer war meine einzige Wunde weiterhin die unter dem Handverband, der neben der neuen Schönheit meiner Kleider noch entsetzlicher aussah. Wieder das Pferd, das diesmal in fauligen Maisstauden stand. Die Bananen. Hier wollte ich nur auf *einen* Menschen stoßen, und gewiß nicht auf den Verwalter, und schlich also gebückt von Busch zu Busch. Niemand schien bei den Hütten zu sein; nur die Schweine wühlten im Dreck und grunzten. An einer Schnur, die vom Brunnen zu einer Agave gespannt war, hingen Kleider, ihre; ihr Rock, und Unterwäsche. Kein Wind bewegte sie. Auch kleine weiße Söckchen hingen bewegungslos.

»Wer sind Sie?«

Eine feste Stimme hinter mir. Ich wandte mich um (das Herz raste los) und sah einen Mann mit einem breitrandigen Hut und einem Gewehr in der Hand, das er auf mich richtete. Ich tat gar nichts. Ich war zuvor in meinem Leben *einmal* in Gefahr gewesen, in Frankfurt, als mich einer erschießen wollte, weil ich, betrunken von einem Kneipenbummel heimkehrend, einen Witz über seinen Hund gemacht hatte, einen dicken Dackel; und mit einem nimmermüden Lächeln, hinter dem die Panik tobte, hatte ich mich gerettet.

»Ich suche eine Frau«, sagte ich. »Sie wohnt hier. Das dort sind ihre Kleider.«

Der Mann (er war jung; fast ein Knabe) ließ sein Gewehr sinken und starrte mich an; und ich starrte zurück. Atmete nicht mehr. Denn mir dämmerte, wer er war, und ihm, wer ich. Weil in meinen Beinmuskeln plötzlich keine Kraft mehr war, ließ ich mich zu Boden gleiten, zwischen braune Blätter und Stummelbananen voller Wespen, und sah auf sein Gewehr. Plötzlich spürte ich die Gluthitze. »Sie haben sich verändert«, sagte ich schließlich. Meine Stimme krächzte, weil sie zitterte und ich sie durch zu lautes Sprechen zu korrigieren versuchte.

»Sie auch.« Er sah mich ernst an. »Ich habe heute keinen Besuch erwartet.«

»Aber warum« – ich ließ die Stimme klingen, wie sie wollte – »laufen Sie in Frauenkleidern herum?«

Er antwortete nicht, sondern stand nur da, schmal, in einer verwaschenen Jeanshose und einem Hemd, das vorne offen war; langsam brachte ich das Bild von ihr (ihre olivdunkle Schönheit) mit dem von ihm in Deckung. Er bekam allmählich ihre Augen, ihre Nase, ihren Mund; und ihre Haare, die er unter seinem Hut verborgen hielt.

»Hier kann einer wie ich zwischen zwei Dingen wählen«, sagte er und hatte nun auch ihre Stimme. »Militär oder Amazonas. Tödliche Arbeit. Man bricht als Mensch auf und kommt als Mörder zurück. Wenn überhaupt.«

»Und Professor Schmitt glaubt, daß Sie ein Mädchen sind?«

»Nein.« Der Mann lächelte. »Wofür halten Sie ihn. Aber Enrique.« Und als ich ihn fragend ansah: »Sein Mann für alles. Wo haben Sie denn diese Kleider her?«

Ich wollte es ihm erklären, aber plötzlich faßte er nach meiner Hand, begann den Verband langsam aufzurollen, sah dann aber nicht die Wunde an (sie vernarbte), sondern den Mullknäuel in seiner Hand. »Diese Erde gibt es hier nur an *einer* Stelle.« Seine Augen wanderten zwischen den meinen und den roten Dreckresten auf dem Verband hin und her.

Ich erschrak. Jetzt holte mich das Todesurteil doch noch ein. Irgendeine Instanz in meinem Schädel blätterte sofort einen Katalog mit zehntausend Ausreden auf (europäisches Gelüge), aber ich stammelte: »Ich bin hinter Ihnen dreingeschlichen. Es war wie verhext.«

Er kauerte vor mir, meine vernarbte Hand in seiner. »Der Steinkoloß«, sagte er, »steht seit einer Ewigkeit da im Busch. Meine Großeltern sprachen schon von ihm. Aber er war unter den Pflanzen verschwunden. Wir haben ihn wieder freigehauen. Hier sind nur noch die paar Indios, die Sie gesehen haben. Keiner ist gemeldet. Uns gibt es nicht.« Er schwieg, und ich rührte mich nicht. »Hie und da kommt Xchutlu. Wir haben unser Gedächtnis verloren; er gibt es uns wieder. Ich weiß nicht, was er in der Zwischenzeit tut.«

»Er schmeißt in Marseille Autos ins Hafenbecken«, sagte ich. »Er heißt Hua O'Leary.«

»Xchutlu.«

Er ließ meine Hand los, nahm sein Gewehr und ging, ohne sich nach mir umzuwenden, über den staubigen Platz zum Haus. Ich blieb wie gelähmt (die Schweine kamen grunzend auf mich zugetrabt), bis er mir winkte. Im Schatten des Blätterdachs sah er fast wie sie aus. Fern; zart. Ich rettete mich mit einem wilden Spurt vor den Schweinen, die mich offenbar für eßbar hielten. Die quiekende Horde hinter mir. Als ich die Hüttentür hinter mir zuschlug (die Säue stießen ihre Schnauze dagegen), saß der Mann auf einer Hobelbank und trank Cola. Kein Hut mehr, dafür die langen schwarzen Haare. Er hielt mir die Büchse hin; eine warme Brühe, die trotzdem gut tat. Ich setzte mich auf einen Schemel neben der Tür, in deren Rahmen Zeichen eingeritzt waren; Echsen, Vögel und Schlangen. Ein anderer Raum als der, in den ich geblickt hatte: eine Werkstatt voller Hölzer, Farbtöpfe, Sägen. Eine Töpferscheibe, daneben eine halbfertige Tonfigur, die von fern dem Steingiganten glich.

Die Schweine grunzten nun in weiter Ferne. Lange saßen wir stumm da, in diesem fast kühlen Raum, vor dessen Fenster die Hitze um so deutlicher leuchtete. Ich wurde mehr und mehr ein anderer, ein Inka vielleicht; erschrak also überhaupt nicht, als der Mann (ohne sich bewegt zu haben) neben mir kauerte und meine Wunde mit einer gelben Salbe einzureiben begann. Während er es tat (ein Medizinmann), begann er zu erzählen, was Hua O'Leary erzählt hatte; Xchutlu; den Anfang *seiner* Welt.

13

Alles in Allem war farbig. Es gab Blau, Gelb, Rot, Grün, kein Schwarz. Aber auch Yal, Chnu, Fibittl und Shnö, die heute ausgestorben sind. Alle waren in vollkommener Gleichmäßigkeit in Allem verteilt. Alles klirrte, weil die Farben sich wiegten und sich an ihren Rändern streiften. Das war ihre Sprache. Selten nur schlugen zwei, die etwas Schweres miteinander auszutragen hatten, mit der ganzen Macht ihrer Farben aufeinander ein. Von einem Darüberschwebenden, den es aber nicht gab, hätte Alles wie ein unendlich Gesprenkeltes ausgesehen. Nie waren zwei gleiche Farben Nachbarn. Das heißt, als es vorkam, war es der Anfang vom Ende, wenn jetzt das Ende ist; und was spricht dagegen. Irgendwo geschah es in dem glücklichen Gemisch, daß doch zwei gleiche nebeneinander gerieten (denn alle Farben verbanden sich, ohne Plan und mit wunderbarer Sicherheit, immer neu). Es waren zwei Shnö. Sie fanden an ihrer Gleichheit Gefallen. Trennten sich nicht mehr, und irgendwann zogen sie ein drittes Shnö an. Bald gab es überall ähnliche Shnö-Herden; voneinander unabhängig hatten sie einen Ballungstrieb. Aber auch die Gelbstrahlenden verbündeten sich; aus Freude; denn nur Freude gab es in Allem.

Beim Sprechen mit den andern Farben (die klein geblieben waren) merkten die Großen, daß sie, ohne sich anzustrengen, die besseren Argumente hatten. Widersprach ein Ocker oder Fibittl, schlug der Klumpen mit der ganzen Wucht seiner Überzeugung zu und behielt recht. Sehr bald war Alles aus dem Leim. Und bald standen ein geballtes Gelb und ein geklumptes Shnö nebeneinander. Nahmen sofort den Dialog auf. Sprachen und sprachen, und bald schepperte Alles so laut, daß viele der andern Farben es nicht mehr aushielten. Chjj und Übil zum Beispiel verloschen, ohne je mit einem dieser Lauten gesprochen zu haben; ihr ferner Klirrschall genügte. Die Farblosigkeit der heutigen Welt hat mit dem zu lauten Sprechen zu tun. Und bald *sprachen* die Gelb und Shnö nicht mehr, sie fraßen. Fetzten sich Farbflecken aus den Leibern, bis alle Gelb, die überlebten, innen shnö waren, und alle Shnö, die es noch gab, gelb innen. Alles tobte wie im Fieber. – Aber noch immer gab es riesige Bereiche, in denen die andern Farben (viele, viele) in altem Glück funkelten und summten. Andrerseits verschwanden zwischen den Zähnen der Fresser solche, die gar nicht gemeint waren. Darum gibt es heute Gelb (denn die Gelb blieben übrig), die neben ihrem Shnö-Schein ein ÜÜt-Leuchten oder einen Brnnde-Anteil haben. Die letzten Erinnerungen an nie gesehene Farben. – Heute heißen die Gelb Sterne. – Alles dünnte aus. Es blieb ein blasses Blau. Kein Gelb aß jemals ein Blau, und den Blau machte der Lärm nichts aus. Sie gerieten ihrerseits mehr und mehr nebeneinander, bis sie eine Blaumasse bildeten, die die der Gelb um ein Vielfaches übertraf. Aber anders als diese hatten sie keine Lust an der Macht. Sie überlebten durch ihre schiere Masse. Es war kalt geworden. Im neuen Blaumeer (die Blau waren als einzige eisig) schwammen die vereinzelten Gelb und froren. Alles wurde zum All. In der Nacht, wenn die Blau schwarz wurden, fürchteten sich die Gelb. So kam die Angst ins All. – Mitten im Alles (längst bevor es sich zum All beruhigte) hatte es früher schon ein Gelb gegeben, das so sehr wucherte, daß es sogar den andern Gelb unheimlich wurde. Es fegte unfaßbar schnell durch die Farben und fraß eine Spur genau in seiner Maulbreite: vor sich Farbgefunkel, hinter sich Blau. Wenn das gefürchtete Maul auf sie zukam, schrieen die Farben Ahh!, ihren Todesschrei, und der wurde der Name des Schrecklichen. Ahh! fegte so gnadenlos durch Alles, daß es sich auch kleinere Gelb einverleibte, die noch am Verdauen von Shnö waren, in deren Innerem Chnus oder Kiongkiongs ruhten. (Heute noch zeigt Ahh! zuweilen Flecken, wenn die verschlungenen Farben an die Oberfläche gebrodelt werden.) – Später lernten die Gelb, Ahh! aus dem Weg zu gehen, und in Menschengedenkzeiten hat Ahh! keine Gelb mehr erwischt. Ahh! wird heute Sonne genannt, nicht von den Gelb, aber von den Menschen. Denn deren Erde ist ein erfrorenes Gelb. – Die ersten Menschen werden heute Indianer genannt. Sie selber nannten sich Menschen. Es kam so. Einigen der kleinsten Farben gelang es, sich vor den Gelb und Shnö zu retten, indem sie sich in den Felsen der Erde (des sich verhärtenden Gelb) versteckten und sich Vögel nannten. Ihr Zwitschern war das Sirren von früher. Sie flatterten auch wie ehedem. Mühe bereitete ihnen nur, sich zu vervielfältigen; denn von einigen Farben waren nur noch drei, vier Stück übriggeblieben. So lernten sie das Denken in Generationen, und bald zwitscherte es überall. Laut leise hoch tief. Über ihnen trieb Ahh!, ein Wal, in dessen Meer kein Plankton mehr war. Aber mit dem Zeugenkönnen erfuhren die Vögel auch das Sterbenmüssen. Die erste tote Farbe ließ alle ratlos; den Tod zu lernen ist schmerzvoll. Die Vögel weinten. Ihre Tränen bildeten Rinnsale, die die Flüsse wurden: die der Kolibris der Amazonas, die der Geier der Mississippi. – Aus den Vögeln kam der Mensch, und das kam so. – Heute tragen viele nur noch *eine* Feder. Zu Beginn aber waren die Menschen über und über gefiedert. Sie aßen Körner und schliefen auf Bäumen und legten große ovale Eier, deren Schale die jungen Menschen mit ihren Schnäbeln durchschlugen. Niemand weiß, warum die Schnäbel zu weichen Nasen wurden. Gleichzeitig wurden die Eierschalen dünner, und eines Tages legte eine Mama ein Kind ohne Schale. Seither gebären alle Frauen im Hocken. Dieses Kind hatte zwar noch alle Federn am Leib, aber es konnte nicht mehr fliegen. Rings um sich sah es die großen schweren Ahnen, wie sie von Wipfel zu Wipfel schwebten. Ihm gelangen nur noch kurze Hupfer. Und einmal, auf der

Flucht vor einem Bären (es gab nun auch andere Tiere), stürzte es einen hohen Felsen hinunter. Dieses panische Flügelschlagen hat sich als kollektive Erinnerung dem ganzen Menschengeschlecht eingegraben. Noch heute träumt jeder einmal davon. Auch gilt der Bär als Feind. Am Fuß des Felsens hockte das Menschenkind in einem glühenden Sand. Niemand sonst flog in dieses Tal des Tods. Die glatten Felswände ließen kein Entkommen zu. Das Kind lernte, den Skorpionen und Schlangen auszuweichen, dann, sie zu essen. Wasser gab es nur als Regen. Das Kind wäre gestorben (es starb! Alle starben damals!), wäre nicht eines Tags ein zweites Kind in den Felsenkessel gestürzt, wieder ein flügellahmes, so daß der Verdacht entstand, dieser Schreckbär sei ein verkleideter Ahn, der die geheimen Todesurteile der Gemeinschaft erfülle. Das zweite Kind lernte vom ersten, und als beide groß geworden waren (verrupfte Vögel mit verbrannten Häuten), waren sie ein Mann und eine Frau und schliefen miteinander in einer mondlosen Nacht. Und die Frau gebar zwei Kinder, denen die Federn fehlten bis auf die auf dem Kopf. Nackte Haut. Sie wuchsen in Erdhügeln auf, und als ihre Eltern starben (sie waren nun Große), nahmen sie ihnen die Federn und machten daraus Schirme. Sie nannten die Sonne nicht mehr Ahh!. Auch sie hatten wieder Kinder, denn alles Leben kommt aus Bruder und Schwester. – Erst in späteren Zeiten lösten sich diese voneinander, weil *alles* auseinanderstrebt. Weil das Ziel der Welt das Getrennte ist. Wenn einst auch das heute noch

Zusammene getrennt sein wird, wird jeder Mensch ein anderes Wort sein und die Menschheit eine Sprache, die niemand mehr versteht. – Unzählige Federlose tummelten sich bald in dem Tal, alle mit Sonnenschirmen, die sie inzwischen auch aus Schlangenhäuten und Schildkrötenpanzern zu fertigen gelernt hatten. – Von fern hörten die Altvögel, die Ahnen, ihre Stimmen. Die mutigsten (der ehemalige verkleidete Bär und ein über und über mit roten Federn bedeckter) wagten sich fliegend in das glühende Tal hinab. Das vom Sand widergeworfene Ahh!licht drohte sie zu verbrennen, aber sie hielten die Hitze aus und schwebten minutenlang über den Menschen, die erregt nach oben deuteten. Mit letzter Kraft kamen sie aus der Hitze heraus und berichteten, was sie gesehen hatten, nämlich, da unten seien Teufel, und es sei die Hölle. Dann starben sie. Die Ahnen klagten so laut, daß die Menschen in der Grube ihren Lärm für ein weiteres der vielen Zeichen nahmen; viele versuchten die neueste Himmelserscheinung (die sie den Roten Kometen und den Großen Bären nannten) zu deuten, und alles in allem liefen die Deutungen darauf hinaus, daß das Ende gekommen sei, oder ein Anfang. – Zum ersten Mal versuchten die Menschen, aus ihrem Menschengrab auszubrechen. Sie kletterten die Steilwände hinauf und stürzten ab. Aber irgendwann kamen ein paar Kletterer doch oben an. Ein unglaubliches kühles Grün, in dem Quellen sprudelten und Gazellen huschten. Hoch auf den Bäumen jene Federvögel, von denen sie nicht wußten, daß sie ihnen ihr Dasein verdankten. – Später wurden sie ihre Beute. – Sie halfen allen andern aus der ewigen Falle; nur die Lahmen und Blinden wurden zurückgelassen. Sie jagten Bären und die klobigen Großvögel, die sich widerstandslos von den Ästen herunterschießen ließen. Aus ihren Federn machten wir uns Triumphhüte. Nun wurden die Meere so voll, daß sie über die Ränder der Erde hinabflossen und als gewaltige Eiszapfen im All hingen. Aber es war eine schöne Zeit. – Die Frauen, mit denen wir schliefen, waren nicht mehr alle unsre Schwestern; aber noch die meisten. – Dann erschlugen wir uns mit Stein und Bein. – Dann mit Kreuz und Schwert. – Mit Korn und Pulver. – Freunde. Wir werden sterben, wenn wir nicht wieder fliegen lernen. Warum sollten wir es nicht können. Schaut her, ich werde es euch lehren. Wir werden auf den Ästen dieser Bäume sitzen wie die Väter; ihr, Mädchen, werdet Eier gebären. Wir werden die Schwestern lieben. Freunde. Das kostet Geld. Gebt mir, was ihr habt. Danke. Das wärs für heute.

14

»Habe ich das recht verstanden?« sagte ich, als der Mann schwieg, auf seiner Hobelbank ein bewegungsloser Schatten geworden. »Hua O'Leary sammelt Geld?«

»Wenn kein Gewitter kommt. Er fürchtet nichts außer Gewittern. Jeder gibt was er hat.«

»Und wofür?«

»Er will uns in ein besseres Land führen.«

Es dämmerte draußen, und im Licht der verschwindenden Sonne sah der Mann beinah wieder wie das Mädchen von vorgestern aus. Ich starrte die verwandelte Gestalt an (ein dunkles Gesicht, beinah blaue Haare) und wunderte mich, daß Hua O'Leary richtiggehende Vortragsreisen durch den Busch veranstaltete; den Indios eine bessere Zukunft versprach, und wenn er weg war, hatten sie immer noch die Gegenwart minus ihr Geld. Kein Laut, auch die Schweine still, die Papageien. Ich trank einen Schluck Cola, stellte die Büchse ohne ein Geräusch auf die Fußmatte. Unhörbarer Wind bewegte die Bananenstauden vor dem Fenster; und es wurde schließlich so dunkel, daß ich nicht merkte, wie der Mann zu mir kam; was er mir in die Hand drückte. »Wenn Sie einen guten Feind haben, geben Sie es ihm. Es schützt Sie vor ihm. Nehmen Sie zuvor die Hülle ab.« Ein länglicher harter Zapfen, in eine leise knisternde Haut verpackt. Als sei dies der Schlüssel zu einem gefährlichen Ort, stand ich sofort auf und sagte, ich müsse nun gehen. Vielleicht schrie ich sogar. Wir gingen ins Freie (die Bäume Scherenschnitte, hinter denen die Sonne leuchtete). Die Schweine waren weit weg im Zuckerrohr. Sogar im Dunkeln war mir der Weg vertraut: dem Maisgestrüpp entlang, die Lehmpfade hinunter, zum Pferd, dessen Schädel wie ein Mahnmal in den Himmel ragte. Droben (die letzten Sonnenstrahlen waren im Horizont versikkert) gingen wir blind zwischen den kniehohen Gebüschen, an deren Dornen ich immer wieder hängenblieb. Ein paar Mal gab Jimmys Luxusstoff den Krallen der Büsche nach. Zudem schlug mir das Zauberding, das ich in eine Hosentasche gesteckt hatte, bei jedem Schritt gegen das Bein. Als wir uns der letzten Hügelkuppe vor dem Parkplatz näherten, zog mich der Mann hinter ein Gebüsch und hielt mir die Hand über den Mund. Mit rasendem Herzen kauerte ich in seinem Eisengriff (an meinem Ohr sein Atem), bis ich begriff, woher die Gefahr kam: ganz nahe an uns vorbei ging der Verwalter, Enrique, mit einer Kiste auf dem Rükken, einem Atlas gleich, der die Erde in Sicherheit bringen will. Als seine Schritte verhallt waren, rappelten wir uns wieder auf. Ich wollte den Mann fragen, was das denn bedeute, aber der rannte schon den Weg zurück, den wir gekommen waren. Kein Abschied.

Das sich entfernende Geräusch rutschender Kiesel. Sicher wollte er vor der Ankunft Enriques in seinen Mädchenkleidern sein.

Ich stieg in mein Auto (neben ihm der Jeep) und startete den Motor. Die Scheinwerfer leuchteten beim Wenden den ganzen Platz ab: Büsche, einige krumme Bäume und die zwei Lehmhäuser, auf denen mir zum ersten Mal ein Coca-Cola-Schild und ein Hinweis auf Ersatzteile für John-Deer-Traktoren auffielen. An einen Bretterzaun gelehnt ein uralter Mann, der mich ansah wie ein Toter; aufgestapelte alte Reifen; ein Leiterwagen ohne Deichsel; die Spuren vieler Autos, die hier schon gewendet hatten; und ganz fern in den Buschhügeln die Silhouette Enriques. Mein Freund war unsichtbar geworden. Ich gab Gas und stürzte mich in den Weg, der zwischen den Büschen verschwand wie ein Trichter. Fuhr so schnell wie es Enrique und Professor Schmitt getan hatten und spürte tatsächlich die Schlaglöcher kaum noch. Zuweilen rauschten Zweige über den Lack. Einmal rannten zwei Hasen in meinen Lichtkegel und fanden den Ausweg erst wieder, als ich für ein paar Sekunden ohne Scheinwerfer fuhr. Und so ein Straußenvogel rannte so plötzlich vorbei, daß ich gar nicht zum Bremsen kam. Bei der Tankstelle trank ich ein Bier. Viele Menschen jetzt unter farbigen Lampengirlanden (auch hier ein Bananenblätterdach), eine Juke-Box, die einen immerähnlichen Trommelsamba spielte; zwei kleine dunkelhäutige Frauen mit verwachsenen Zähnen, die tanzten;

um sie herum ein Kreis jugendlicher Schwarzer, die im Rhythmus klatschten; lachten. Der Wirt erzählte mir einen Witz, dessen Pointe ich nicht verstand, und verabschiedete mich wie einen Freund. Ich hatte sehr gelacht und ihm meinen letzten Geldschein gegeben. Während ich zum Auto zurückging, leckte ich mir die Lippen. Fädelte mich in das Schnellstraßenlabyrinth ein und fand das Nacional auf Anhieb. Gab einem livrierten Schwarzen die Schlüssel, damit er das Auto in die Tiefgarage fahren konnte, und ging durch die Drehtür, hinter der, strahlend als sei ich sein Lieblingsgast, der Empfangschef stand.

»Aber hoffentlich nichts Ernstes?«

»Neinnein«, sagte ich, ging lächelnd weiter, auf die Bar zu, vor deren Spiegeltür ich dann wußte, was der Empfangschef gemeint hatte. Mein Gesicht war zerkratzt, und der Anzug hing voller Dornen und staubgrüner Blätter. Ich hielt inne, lächelte zum Empfangschef zurück (Einverständnis in seinem Blick) und ging in die Toilette, wo ich, so gut es ging, die Natur aus meinen Kleidern herauszupfte. In der Bar saßen an kleinen Tischen in die schreiendsten Karomuster gekleidete Männer und in farbigen Tüll gewickelte Frauen. Amerikaner, jene, die mit mir zusammen angekommen waren und die ich seither nie mehr gesehen hatte. An der Theke Jimmy auf einem hohen Hocker; sein Rücken. Er war wieder Hauptdarsteller, und sein Publikum war eine der drei Damen, mit denen ich im Hotelgarten gebadet hatte, die größte von ihnen. Sie trug ein Abendkleid (Silber, das an ihr herabfloß) mit einem Décolleté, das gerade so viel von ihren Brüsten ahnen ließ, daß ich auf der Stelle von der heftigsten Sehnsucht gepackt wurde, sie ganz sehen zu dürfen. Dabei hatte ich doch längst; die Sinne haben kein Gedächtnis. Ich stellte mich so locker es eben ging hinter Jimmys Rücken (ein Hocker war nicht mehr frei) und bestellte einen Wein. Ich kriegte eine ganze Flasche *Château La Fête* (er kam aus São Paulo), und nachdem ich den ersten Schluck getrunken hatte, wandte sich Jimmy zu mir um: »Und?«

»Er hat eine Werkstatt. Indiopuppen.«

Jimmy rümpfte die Nase und wandte sich wieder seiner Dame zu. Ich trank im Schatten seines Rückens und versuchte zu verstehen, was die beiden sagten. Jimmy zog (auf englisch) alle Register; scherzte und war gleich wieder ernst, wenn die Dame nicht kicherte; nickte in innigem Einverständnis, wenn sie einmal etwas von sich gab; oder lachte laut über einen Scherz von ihr. Sie hatte eine tiefe, rauhe Stimme, und ihre Natur hatte sich ganz und gar in Kunst verwandelt; endgültig, obwohl sie ganz jung war. Ihre Lippen waren gemalt (*alles* war gemalt), und wenn sie einen Schluck Whisky trank, folgte sie einer Choreografie, die nur deshalb so einfach war (sie nahm das Glas und schluckte), weil sie die komplexeren Möglichkeiten längst verworfen hatte; und ihr Blick sah nie jemanden an, nicht einmal Jimmy. Sie war so unnahbar, daß sie sogar mich rasend machte, denn es mußte doch auch bei ihr jenen geheimen Augenblick geben, wo die Sinne alle Verhaltensdrehbücher überfluten, und *einer* war dann dabei, der das Wunder sah, weil er es ausgelöst hatte; vor ihm hatte sie dann auch keine Scham, die zu sein, als die sie sonst nicht erscheinen wollte. Ich sah, daß Jimmy mehr und mehr dieser eine werden wollte und daß die Dame das merkte und zu billigen begann und schon hie und da ihre Augen in den seinen ließ. Tiefe Blicke, die plötzlich wieder gleichgültig wurden wie verfliegender Rauch. Einmal lächelte sie sogar und sah gleich viel vertrauter aus. Und als sie zum erstenmal hellauf lachte und ihre Handschuhhand für den Hauch einer Sekunde auf Jimmys Arm legte, betrat ihr graumelierter Galan die Bar, ein jugendlicher Sechziger, dem ich zutraute, gleichermaßen effizient eine Aufsichtsratssitzung zu präsidieren wie ein Mordkommando zu befehligen. Er kam im Stechschritt übers Parkett gedonnert (die Macht des Schicksals), und sie wandte sich ihm strahlend zu als habe sie den ganzen Abend ihn, nur ihn erhofft, und stellte ihm Jimmy vor. Der glitt vom Hocker und war sehr korrekt; ganz Tanzschule. Sein Rivale stand so mächtig vor ihm, daß ich dachte, gleich tätschelt er ihm den Kopf. Aber er nickte nur, hielt seiner Freundin den Arm hin, und schon schwebte diese, eine an ein Gebirge geschmiedete Elfe, übers Parkett davon. Ihr schwingender Hintern wußte, daß alle Blicke auf ihm ruhten; in seinem Winken lag sicher viel Bedauern. Lange starrten Jimmy und ich auf die Tür der Bar, jeder mit seinen eigenen Träumen beschäftigt.

Endlich nahm ich wieder die Touristen wahr; Jimmy brummte irgend etwas in sich hinein und bestellte zwei neue Whiskys. Einer war für mich; der für die Augenblicke einer unerwarteten Verkündigung Fleisch gewordene Engel hatte ihn großzügig gemacht. Wir prosteten uns auf das Wohl aller Frauen zu (ich versuchte mir Johanna vorzustellen; Jimmy ermordete im Geist wohl den, der jetzt gerade erntete, was er gesät hatte); und kaum hatte der erste Whiskyschluck den stillen Weinsee in mir erreicht (die Flasche war inzwischen leer), verwandelte sich die Bar in ein Karussell, auf dem kreischende Vögel im Kreis herumfuhren. Ich hielt mich an der Theke fest, um von ihnen nicht mitgerissen zu werden. In mir war eine Zentrifuge, die die Festigkeit meiner Magenwände testete.

»Jetzt erkläre ich dir«, sagte Jimmy gleichzeitig, »wozu wir Professor Schmitts Computer brauchen.«

»Nein«, keuchte ich und krallte mich noch fester an die Reling der Bar. »Bitte nicht.« Ich fühlte keinerlei Kraft in mir, einer Erklärung standzuhalten, in der ich Software und Hardware auseinanderhalten mußte.

»Weißt du«, sagte Jimmy, trank seinen Whisky leer und bestellte noch einen, »was innere Sicherheit ist?«

Ich wollte meinen Hocker (den der Dame) näher an die Theke rücken, schlug mir aber statt dessen auf die Hose und spürte darin das Geschenk des Indios, das ich in der Dunkelheit der Hütte nicht hatte sehen können.

Ich holte es ans Licht und hielt eine tannzapfenartige Holzpuppe mit großen Augen in der Hand; auf ihrem blutroten Körper waren Zeichen eingeritzt; erneut Echsen, Vögel, Dreiecke. Um alles herum eine Art Folie aus einem durchsichtigen Material.

»Was ist denn das?« sagte Jimmy und nahm mir das Ding aus der Hand. Ich sagte es ihm. Er nestelte an der Folie herum, kriegte sie aber nicht auf und wollte die Puppe dann in eine Sakkotasche stecken. Ich schaffte es, ihn daran zu hindern, und schob den Gnom in die Hose zurück.

»Innere Sicherheit«, sagte Jimmy, »heißt, der Staat weiß alles von dir.«

Ich schüttelte den Kopf. In der Zwischenzeit wollte mir auch scheinen, die Gäste der Bar säßen nicht mehr an ihren Tischen, sondern hätten sich auf dem Parkett zusammengeballt; stampften. Um meine innere Sicherheit stand es schlecht, und mehr und mehr sah ich auch meine äußere bedroht.

»Und was hat das mit Professor Schmitts Computer zu tun?«

Noch während ich sprach, merkte ich, wie blöd ich war: nun hatte ich genau die Frage gestellt, die Jimmy mir beantworten wollte.

»Die innere Sicherheit«, sagte dieser auch sofort, »ist ein Computer des Bundeskriminalamts in Wiesbaden. Alle Dienststellen können ihn über normale Telefonleitungen anrufen. Auch andere Computer. Man muß nur die Rufnummer kennen.«

»Und?«

»Natürlich sind die Programme verschlüsselt. Dreifach. Wenn man aber die Codes kennt, kann man mit ihnen machen was man will.«

»Und?«

»Wir löschen alle Programme.«

Ich trank mit einem Ruck mein Glas leer und war nicht mehr betrunken. Vielleicht war seine Antwort daran schuld, vielleicht der Whisky, der den Weinsee in mir weggeätzt hatte. Das Karussell um mich herum blieb stehen, und die Bar wurde wieder sichtbar. Die Amerikaner tanzten. Drei Schwarze in Glitzerkleidern fuhrwerkten in einer Ecke auf einem elektrischen Piano, einer Klarinette und Sambatrommeln herum und stießen immer wieder spontane Grunzlaute aus als entdeckten sie den Rhythmus des Chachacha jetzt in diesem göttlichen Augenblick. Die Tänzer waren alles kleine Männer, und die Damen entweder dick und mächtig oder jene dürren Hyänen, die von amerikanischen Senatoren und Präsidenten bevorzugt werden. Jimmy sah diesem plötzlichen Hexensabbat erfreut zu (er hätte mit seiner Dame Furore gemacht) und pfiff leise eine Oberstimme der Melodie vor sich hin.

»Heute morgen!« rief ich. »Wir haben es getan!«

»Noch nicht.« Jimmy begann zu lachen und lief, weil er es leise tun wollte, über und über rot an. »Das war die Rechnung für unsre Unkosten. Wir arbeiten gegen Vorkasse.« Der Rest von dem, was er mir erklären wollte, ging in seinem Gekicher unter. Zweimal keuchte er etwas von der Banco do Brasil, als sei sie die Pointe eines irren Witzes. Er sah selber ziemlich irre aus.

»Und wieso tun wir das?« Ich schrie beinah (das Orchester spielte sehr laut), aber Jimmy hörte mich nicht mehr, oder wollte es nicht, jedenfalls sah er verzückt zum Barhimmel hinauf (tatsächlich Sterne, auf Azurblau gemalt) und hatte jenen Blick, den Sektenführer beim Verkündigen kriegen; Nonnen, wenn ihr Bräutigam sich ihnen zeigt. Ich schüttelte ihn (ein verzehnfachtes Kichern) und sah dann verstört auf das Tanzparkett, wo die Amerikaner eine Art Besentanz angefangen hatten, bei dem der Besen eine Whiskyflasche war. Ein zwergiger Herr mit einem knallroten Gesicht sprach ihr ungeniert zu, während er unter großem Halloo durch die Halle walzerte. Endlich tauschte er die Flasche gegen eine Dame ein (eine von den machtvollen), deren Tänzer nun trinken durfte. Die Frauen sahen neidvoll auf die Flasche, denn an ihnen saugte sich wohl seit langem niemand mehr so leidenschaftlich fest. Ihre Männer wirkten alle so als würden sie es auch in den Zimmern oben nicht tun; da fielen sie gewiß quer übers Bett und schnarchten sofort, und ihre Frauen mußten schauen, daß sie irgendwo ein Eckchen zum Liegen fanden.

»Wieso mußten wir deswegen nach Brasilien?« sagte ich, als Jimmy wieder zu sich gekommen war.

»Wegen Professor Schmitt.« Jimmy hatte wieder

seine alte Stimme. »Im Ausland gibt es nicht viele Computer, an die ich einfach so herankann.«

Wir schwiegen, und ich bekam sogar beinah Lust auf einen neuen Schluck Whisky. Gerade wollte ich mich dem Barkeeper zuwenden, als Jimmy murmelte: »Weißt du, wer mich mit ihm zusammengebracht hat?«

Ich schrak zusammen und sagte »Nein«, obwohl ich die Antwort erriet.

»Johanna.«

In diesem Augenblick drängten sich alle Tänzer so plötzlich durch die Ausgangstür der Bar als habe ihnen ihr Präsident ein ferngesteuertes Zeichen gegeben. Die Musiker, verlassen im Hintergrund eines leeren Parketts, packten ihre Instrumente ein. Jetzt waren sie drei graue Schwarze mit müden Augen. Einer wischte sich mit einem großen Tuch den Schädel trocken. Auch Jimmy glitt vom Hocker (nachdem er einen Geldschein auf die Theke gelegt und seine Zimmernummer gerufen hatte), und ich ließ mich zu Boden fallen und merkte, daß der Aufruhr in mir noch nicht niedergeschlagen war. Also verhärtete ich meine Muskeln, besonders die in der Bauchgegend, atmete nur noch mit kleinen Schlucken und stakste zum Lift, in dem ich dann zwischen fünf Amerikanern eingeklemmt stand, die mich mit ihrem Alkoholatem anbliesen. Wenn einer von uns geraucht hätte, der Lift wäre explodiert. Oben stolperte ich durch stille Plüschkorridore zu meinem Zimmer und ins Bad, wo ich lange in den Spiegel starrte und mir überlegte, ob mir schlecht werden sollte oder nicht. Wenn ich die Augen schloß, fuhren grelle Blitze durch mein Hirn, in immer kürzeren Abständen, so daß ich die Augen stets wieder aufriß, bevor ich vom letzten endgültigen Blitz zerrissen wurde. Jimmy war doch ein Wahnsinniger. Johanna hatte einmal gesagt, Wahnsinn sei eine Fehlprogrammierung der Gene und könne, wenn der Eingriff nur präzise genug sei, mit Chemie korrigiert werden. Alle ihre Forschungen gingen in diese Richtung, aber offenbar hatte sie mit Jimmy keinen Erfolg gehabt. Ich setzte mich keuchend aufs Klo (die Blitze!, selbst bei offenen Augen!) und schrieb die Geschichte auf, die mir der Indio erzählt hatte. Woher kannte Hua O'Leary diese alten Sagen? Ich benutzte einen Notizblock des Hotels und füllte ein Zettelchen nach dem andern. Irgendwann einmal nickte ich ein. Jedenfalls saß ich immer noch auf dem Klo, die Hosen auf den Schuhen und diese zwischen vollgeschriebenen Zetteln, als jemand an die Tür klopfte. Polterte. Ich zog die Hosen hoch, spülte, schleppte mich zur Tür und öffnete. Vor mir stand der Indio, in Mädchenkleidern wieder, schmutzig und verschwitzt. Er glitt an mir vorbei ins Zimmer und ließ sich aufs Bett fallen. Auf seinen Knien ein blaßrosa Tuchbündel.

»Enrique wollte sie stehlen«, keuchte er. »Alle. Sie sind unser einziger Schutz.«

»Was?«

»Kann ich sie bis morgen hierlassen?« Er zitterte. War er den ganzen Weg zu Fuß gegangen? »Er küßt mich immer, und ich küsse ihn auch. Aber heute.« Er sah mich an und lächelte. »Sie verstehen.«

»Nein.« Ich nahm das Bündel und schnürte es auf. Darin waren hundert (oder auch zweihundert) Holzpuppen wie ich auch schon eine hatte, alle gleich oder doch ähnlich, denn manche hatten geschlossene Augen und andere offene. Verschiedene Zeichen auch auf ihren Körpern. Die einen so etwas wie Männer (gemalte Penisse mit knallroten Eicheln), die andern eher Frauen (Schlitze wie aufgeschnittene Früchte). Ich sah mir eine nach der andern an (alle in ihren Folien), und als ich mich wieder umwandte, hatte der Mann seine Kleider ausgezogen, lag mit gespreizten Beinen und ausgebreiteten Armen da und schlief. Schnarchte leise. Ich setzte mich in den Sessel vor dem Fernseher, sah ihn an und schlief endlich auch ein; träumte; und als ich aufschrak, war ich auf jene klare Weise hellwach, die sich zuweilen gerade bei den ganz Übermüdeten einstellt. Beschloß, einen Kaffee trinken zu gehen. Das Licht draußen sah nach einem sehr frühen Morgen aus. Ich zog leise die Schlafzimmertür zu, aber als ich die zum Korridor öffnen wollte (dazwischen ein schmaler lichtloser Vorraum), fiel mir eine Frau in die Arme, die (ihre gekrümmten Finger an meiner Brust) gerade hatte klopfen wollen. Johanna. Sie trug ein Kopftuch, und der Rest ihres Gesichts war hinter einer Sonnenbrille verborgen. Ich dirigierte sie ins Bad (ein erstaunter Blick über die Brillengläser hinweg), und schon saß ich wieder auf dem Klo, diesmal auf dem geschlossenen

Deckel. Johanna auf dem Badewannenrand. Sie schob meine Zettelchen mit der indianischen Schöpfungsgeschichte (ein Hausfrauentrieb; ihre Gedanken waren ganz woanders) in eine Tasche ihres roten Sommerrocks. Dazu sagte sie (ein lautes Flüstern), sie sei schuld an allem; sie habe nicht gewußt, daß es gefährlich sei; sie meine, sehr. Sie habe Armando gesehen, Schmitt. »Du mußt sofort weg.« Sie nahm meine Hand und sah mich an, und ich fing an zu zittern von oben bis unten.

»Was?« flüsterte ich. »Was ist gefährlich?«

»Hier.« Sie drückte mir einen Flugschein in die Hand, einen von der Lufthansa, nach Frankfurt, heute um 16 Uhr 50. Ich nahm ihn. Johanna atmete als habe sie etwas Wichtiges hinter sich gebracht, zog das Kopftuch aus (ihre Haare stürzten herab), stand auf, und wir küßten uns, zwischen Badewanne und Waschbecken hin und her wankend. Dann standen wir da und lächelten uns an; im Spiegel Johannas Haare und hinter ihnen mein rotglühendes Gesicht.

»Ich habe kein Geld«, sagte ich. »Kannst du mir fünfzig Mark leihen?«

»Natürlich.« Sie gab mir einen Zehntausend-Cruzeiro-Schein. »Wer ist denn die da drin?«

Ich öffnete die Tür zum Schlafzimmer. Der Mann lag mit einem weit offenen Mund, wie ein Ertrunkener. Jetzt, nackt, sah er tatsächlich wie ein Urbewohner aus; ein Ausgestorbener. Er hatte einen kurzen steifen Schwanz, der fast senkrecht in die Höhe stand. Johanna stand völlig verblüfft da, starrte aber nicht auf den

Mann, sondern auf die Holzpuppen. Dann drehte sie sich um und ging zur Tür hinaus. Ich wollte ihr nachrennen, hielt inne, packte alle Puppen in das Tuch, band es zu und schwang es mir über die Schultern. Schloß leise die Tür (hängte außen ein rotes Do-not-disturb-Schild an die Klinke) und gelangte durch eine völlig leere Halle ins Freie, wo Johanna wartete. Sie hakte sich bei mir ein, und wir gingen der Schnellstraße entlang zum Geschäftszentrum. So früh am Morgen gab es kaum Autos, und die Luft war als habe sie jemand mit einem Schlauch naßgespritzt. Ein Genuß zu atmen. Aber die Gnome waren schwer und hatten, als wir endlich vor einem Café standen (der Colabar vom ersten Abend), meine Schultern krummgezogen. Johanna setzte sich hinten in den dunkelsten Winkel. Nahm auch hier die Sonnenbrille nicht ab und war wieder wie aus Elfenbein. Ich legte meine Hand auf ihre und sagte: »Und jetzt?«

»Du schaust zu, daß dich niemand zu Gesicht bekommt. Ich gehe jetzt. Im Flugzeug kennen wir uns nicht.« Sie nahm die Brille ab und sah mich an. »Horst hat die Anzeige zurückgezogen.«

Ich nickte. Ich verstand zwar nicht, was los war, aber das klang wie eine gute Nachricht. Ich wollte auch etwas sagen, aber die eigentlichen Fragen lagen tief in mir wie schwere Steine. Ich lächelte also nur, als sie aufstand, einen Geldschein auf den Tisch legte (einen kleineren diesmal) und mir mit einem Finger über die Wange strich. »Gib sie José zurück« – sie nickte zu den verhüllten Puppen hin – »wenn er sie verliert, wird ihn jeder Indio im ganzen Land verprügeln, und du bist schuld daran.«

José. Ich wollte sie fragen, woher sie ihn kannte; aber sie ging schon zwischen den Stahlrohrstühlen hindurch und war ein genauso schöner Anblick wie Jimmys Dame gestern; schöner; Leben, nicht Kunst. Unter der Tür sah sie nach rechts und links und verschwand. Ich blieb einige Minuten benommen sitzen, stand dann auch auf, schulterte meine Last und legte dem Wirt im Vorbeigehen den Geldschein auf die Theke. Auch er trug eine Sonnenbrille. Hatte jeder hier einen Dreck am Stecken? Ich hatte mir einst ein Leben ohne Lüge vorgestellt. Draußen hatte ich kaum ein paar Schritte getan, als der Stoff des Bündels riß und die Gnome aufs Trottoir rutschten. Ein wirrer Haufen. Eine dicke Frau mit Lockenwicklern starrte mit aufgerissenen Augen darauf. Ich wickelte alles ins Tuch zurück (verknüpfte es irgendwie), kaufte im Supermarkt einen Koffer (er glich dem Jimmys aufs Haar; und obwohl der da sicher viel billiger war, war Johannas Zehntausender schon wieder weg) und legte die Gnome hinein. Schloß die Schlösser. Trug ihn ins Hotel zurück (jetzt war es heiß, und ich schwitzte Bäche), wo ich, statt in mein Zimmer zu gelangen, Jimmy in die Arme lief. Strahlend in der Lobby, im Stadtplan blätternd. Auch er hatte seinen Koffer mit und führte mich in einer Art gutgelauntem Polizeigriff zum Cadillac. Wir sahen wohl recht lächerlich aus, aneinandergeschmiedet zwischen unsern Kofferzwillingen; seiner leer, meiner ein Klotz. Sie standen dann einträchtig beisammen hinten im Auto, und wir fuhren in dem mehr und mehr vertrauten Straßenlabyrinth. Vielleicht spielten wir doch kein Musical, sondern ein Drama. Vielleicht. Aber Jimmy saß so entspannt neben mir, daß wir noch nicht im tödlichen Akt sein konnten.

Wie im Traum wählte ich die richtigen Abfahrten und Unterführungen; die andern Autos wichen vor unserer Staatskarosse respektvoll zur Seite. Jimmy dirigierte mich ins Bankenviertel, dessen Türme heute friedlicher aussahen, und dort vor eine geschlossene Schranke, bei der ein Wachtmann stand, zu dem Jimmy etwas sagte, und schon fuhren wir auf einer schmalen Privatstraße zu einem Seiteneingang der Banco do Brasil. Die spiegelnden Glasmauern vor unsern Augen bis zu den Himmeln. Während wir ausstiegen (Jimmy warf die Tür zu, ohne nach hinten zu blicken), kam mir in den Sinn, daß die fünfhundert Mark aus Frankfurt inzwischen da sein mußten; wenn überhaupt je, mußte ich sie jetzt kassieren. Aber Jimmy, mein Zeuge, war bereits im Haus verschwunden (mit seinem Koffer in der Hand) und stand, als auch ich in die Halle trat, am foreign-customers-Schalter, hinter dem eben der Angestellte vom Stuhl hochfuhr (derselbe wie gestern), zu seinem Chef eilte (demselben), der ebenfalls aufsprang und gleichzeitig mit mir bei Jimmy eintraf. Er trug Nadelstreifen, untadelige Bügelfalten und sprach ein weiches höfliches Englisch. Jimmy murmelte lächelnd zwei drei Worte. Kopfnicken, auch zu mir; kein Wiedererkennen. Zu dritt (der Mann am Schalter stempelte wieder) stiegen wir die breite Treppe hinauf (unser Führer einen Schritt voraus) und gelangten vor eine überhohe Holztür, die unhörbar und langsam aufging wie von selbst. Auf einem langen Teppich gingen wir einem Schreibtisch entgegen, hinter dem ein zarter, etwa sechzigjähriger Mann unter einem Ölbild des Präsidenten des Landes stand. Der Direktor. Händeschütteln. Dann saßen wir in breiten Ledersesseln (nur unser Führer stand in einer Haltung, aus der jederzeit ein Bückling werden konnte) und plauschten über das Wetter in unsern Heimatländern. Der Direktor verstand unsre Sonnensehnsucht; aber etwas so Herrliches wie der Schwarzwald! Wir lachten, am dröhnendsten dieser feingliedrige Herr. Ein grauer Schnurrbart, dessen Enden zitterten. Dann sprachen wir von der AEG (seine Bank war an einer brasilianischen Tochter beteiligt), bis der Direktor plötzlich zur Sache kam und ein Zettelchen von der Größe eines Straßenbahnfahrscheins über den Tisch schob, das Jimmy unterschrieb; und sogleich (nach einem trauerlosen Abschied) waren wir auf dem Rückweg, wiederum von dem Mann in Nadelstreifen geführt, der vor uns in einer Haltung die Treppe hinabflog, die ich sonst nur bei Skispringern gesehen hatte. Unser Auto war inzwischen von etwa zehn paramilitärischen Bankwächtern umstellt. Überall schnarrten Walkie-Talkies. Eine Gluthitze; und an der Art, wie Jimmy wartete (ans Auto gelehnt; der

Mund ein Strich), erkannte ich, daß er nun doch nervös war. Endlich kam der Mann vom foreign-customers-Schalter mit dem Koffer und wuchtete ihn stöhnend in den Kofferraum. Schloß ab und gab Jimmy den Schlüssel; stand dann hilflos da und schwitzte. Sein Chef knallte die Absätze zusammen, als habe er eine militärische Meldung zu machen, hob tatsächlich salutierend eine Hand und sagte, hiermit und jetzt höre seine Verantwortung auf, und er bitte nochmals um eine Unterschrift, bitte. Jimmy unterschrieb einen viel größeren Zettel, den er sich auf den rechten Oberschenkel legte. Das Knie angewinkelt. Dann nickte er mir zu, ich stieg ein und startete den Motor, und schon glitt das Auto davon wie ein gesättigter Raubfisch. Im Rückspiegel die Wächter, die in neuer Langeweile am selben Ort standen, und die beiden zivilen Herren auf dem Weg zum Bankeingang; der im Nadelstreifenanzug gerade und energisch, sein Untergebener müde und traurig.

»Zur Uni.«

Ich nickte, fädelte mich in den Verkehr ein und fand es schon selbstverständlich, daß alle andern zur Seite wichen, wenn wir uns näherten. Die Straßen glänzten unter einer eingebildeten Nässe, die, wenn wir näher kamen, flirrende Hitze war. Männer und Frauen (schwarze vor allem), die sich den Bus nicht leisten konnten, gingen auf den Bordsteinen, und auf den grünbraunen Grasflächen zwischen den Häusern spielten Kinder Fußball. Hie und da Buschhecken, über denen Schmetterlinge gaukelten; der Motor war so leise, daß ich das Summen der Bienen über den Blüten zu hören glaubte.

»Was ist denn in dem Koffer drin?« sagte ich.

»Der Jahresetat des Bundeskriminalamts.«

»Hä?«

»Der Computer hat ihn überwiesen. Achtundsechzig Millionen Mark.«

Jimmy wurde von einem Lachanfall gepackt, der noch schlimmer war als der von gestern abend und ihn in seinem Sitz herumwarf, so wie wenn in Filmen einer in einen besonders heftigen Kugelregen gerät. Er konnte sich nicht erholen und keuchte nur immer wieder, daß alle blöden Computer blöd seien, echt blöd und bescheuert. Er war puterrot im Gesicht. Ich fand das alles nicht komisch, verfranste mich prompt in den plötzlich wieder ausweglosen Straßen und fuhr schließlich dem künstlichen See entlang, auf dem ein ganzes Rudel Surfer mit schlappen Segeln trieb; einer winkte.

Die Straße führte schnurgerade in einen blauen Horizont hinein. Links verbranntes Steppengras, rechts der See. Mir wurde diese zunehmende Einsamkeit unheimlich (die Hoffnung schwand, daß eine Querstraße uns doch noch zur Uni führen könnte), und ich wollte gerade Jimmy darauf aufmerksam machen, daß wir, wenn wir so weitermachten, im Urwald landen würden, als mit der Plötzlichkeit eines Schlangenbisses ein Auto zwischen den Gebüschen hervorgeschossen kam, so nah vor uns, daß ich ihm mit quietschenden Reifen ins Heck krachte. Draußen sofort ein hektisches Gerenne und Gebrülle, irgendwer schrie ununterbrochen etwas (immer das gleiche Wort), und hie und da knallte es so merkwürdig leise und harmlos, daß ich erst als die Windschutzscheibe zersplitterte glaubte, daß es wirkliche Schüsse waren. Überhaupt war mir alles vertraut. Ich war einmal, vor vielen Jahren, mit dem Schiff in New York angekommen und hatte mich sogleich zu Fuß in die fremde Stadt aufgemacht, und ich kannte sie auf Anhieb so gut, daß ich den Stadtplan kein einziges Mal aufblätterte. Das Kino; oder ein osmotisches Wissen, das in jeden Menschen dieses Jahrhunderts einsickert. So war es auch jetzt. Es war eben eine Schießerei. Ich hockte verzaubert hinter dem Steuer und sah zu, wie sich Jimmy mit Enrique um den Koffer balgte; jeder hatte ihn an einem Ende gepackt und zerrte daran. Allerdings war die Ausgangslage des Verwalters besser, denn er hielt mit einer Hand den Griff. Beide rollten, sich überschlagend, eine Böschung hinab und verschwanden. Ich erwachte aus meiner Verzauberung und öffnete die Tür; da fiel in meinem Rücken ein einzelner Schuß. Er erschreckte mich so als sei er der erste wirkliche; ich duckte mich in die Polster. Schritte. Der Motor eines Autos, das ich bisher nicht gesehen hatte. Nun, zu spät, hatte ich Angst, denn alles war still wie nach einer Katastrophe. Kein Laut mehr. Sehr langsam stieg ich aus und zuckte zusammen, als die Tür hinter mir ins

Schloß fiel. Der Kofferraum stand offen, und neben dem Hinterrad lagen zwei Schuhe; zwei Beine. Ich schluckte, stützte mich am Autodach ab (es war glühend heiß) und sah mich um: die Welt bis zum Horizont leer und unbewohnt nach allen vier Himmelsrichtungen. Erst jetzt fiel mir auf, daß ich in Professor Schmitts vw hineingefahren war; er und der Cadillac schrottreif. Unter der offenen Heckklappe lag Hua O'Leary, mein Bekannter aus Gordes, dessen Gesicht im Tod lebendiger aussah als im Leben. Er war wieder europäisch aufgeputzt, das heißt, er trug einen Maßanzug und allerhand indianisches Gehänge. Aus einer Sakkotasche ragte ein Buch heraus. Ich nahm es und hielt eine Sammlung indianischer Schöpfungsmythen in der Hand (das verblüffte mich nicht), die deutsch geschrieben waren (das erstaunte mich schon mehr), und zwar von einem, dessen Foto auf der Rückseite des völlig zerlesenen Buchs war und der (das überrumpelte mich) Horst aufs Haar glich. Horst, den ich stets für einen Legastheniker gehalten hatte. Er saß an seinem Renommierschreibtisch und sah den Fotografen mit einem beschwörenden Blick an; der aber hatte sich nicht einmal die Mühe gemacht, die übelsten Pickel wegzuretouchieren. Im Klappentext stand etwas vom sinnlichen Reichtum von Horsts Prosa. Wenn er schrieb wie er sprach! Ich legte das Buch dem toten Hua O'Leary auf die Brust wie eine Opfergabe. *Ein* Buch nur für die Ewigkeit; und dazu noch so eins! Ich schulterte die Indiognome (immer noch wollte ich sie

José zurückbringen) und marschierte den Weg zurück, den wir gekommen waren. Nun verschwand die Straße im gegenüberliegenden Horizont. Die Sonne glühte. Nach wenigen Metern schon schwitzte ich ganze Bäche und sah wohl (wenn nur der tote Hua den Kopf hätte heben und mir nachsehen können) wie eine Art Charlie Chaplin in einer letzten Einstellung eines nie gedrehten Films aus. Keine Menschenseele weit und breit; kein Haus; nur Wüste. Ein unendlicher Himmel. Ich mußte mich sehr zusammennehmen, die Vögel, die über mir kreisten, nicht für Geier zu halten.

Die Indiostatuetten waren schwer und wogen nach jedem Schritt mehr, und in immer kürzeren Abständen dachte ich daran, alles einfach die Böschung hinunterzuwerfen. Aus einer diffusen Ehrfurcht für die langen Leiden eines unterdrückten Volks heraus tat ich es dann doch nicht, sondern ging und ging, und nach einer Weile (nach Stunden?) schlurfte ich wieder den Rändern einer Art Zivilisation entlang. Es gab hie und da ein Haus in dem grauen graslosen Dreck, und zuweilen fuhr ein Bus an mir vorbei. Ich hatte keinen einzigen Cruzeiro in der Tasche und sah die entschwindenden Abgaswolken mit einem immer wehleidigeren Schmerz. Mein Ziel, ursprünglich das Nacional, wurde mehr und mehr der Flughafen. Das Schicksal wollte es so, denn die Straße, der ich entlangging, war offenbar der äußerste der unzähligen Ringe, die das Herz der Stadt fesselten; ich kam diesem nie näher und sah die Hochhäuser stets aus der gleichen Distanz. Ein riesiges

Dia, gegen die Himmelsleinwand projiziert. Später ging ich zwischen Wellblechhütten (Musik aus unsichtbaren Transistorradios), von den Erwachsenen ignoriert, nicht jedoch von den Kindern, die hinter mir dreinjohlten als sei ich ein Witz eines mit ihnen verbündeten Gottes. Ich sah ja gewiß auch blöde aus. Die Rotte der Kinder wurde mir so lästig, daß ich zu rennen begann; aber das steigerte meinen Erfolg nur noch, und ich ließ mich schließlich treiben, an meinen Koffer geklammert als trage er mich. Völlig erschöpft (die Kinder hatten von mir abgelassen) kam ich auf dem Flughafen an, genau zur Check-in-Zeit, und schob einer makellosen jungen Frau meinen Flugschein hin; sie gab mir die Einsteigekarte ohne ein Wimperzucken; war wohl von Touristen einiges gewohnt. Immer noch schwitzend und keuchend sah ich den indianischen Geheimnissen nach, wie sie auf einem Förderband durch einen Vorhang aus grauen Plastikfäden verschwanden, und ging dann in den Warteraum. Er war klimatisiert und so kühl, daß ich zu frieren begann. Draußen, hinter dem getönten Glas, immer noch dieselbe Mördersonne. Was mochte aus Jimmy geworden sein? Das letzte, was ich von ihm gesehen hatte, war ein hochgerecktes Bein gewesen. Er war nicht kräftig, aber achtundsechzig Millionen Mark setzten sicher einige Energien in ihm frei. Vielleicht saß er gerade irgendwo im Steppengras und zählte seine Beute.

Johanna kam, als der Flug schon aufgerufen war und wir uns alle zum Ausgang drängten. Sie trug wieder das

Kopftuch und die Sonnenbrille, aber ein anderes Kleid (ein blaßblaues) und sah durch mich hindurch wie durch einen Fremden. Im Flugzeug saß ich weit vorn und sie hinten. Wieder war es eine ultramoderne Maschine, die nach Lack roch, und wieder schwebten wir geräuschlos über der unendlichen Hochebene. Hütten zuweilen, in denen ich inzwischen Indios vermutete. Wieder jene geheimnisvollen Wegsysteme, von denen ich immer noch nicht wußte, ob sie Fahrspuren für den Erzabbau oder uralte Kalender waren. Diesmal gab es keine Steaks, sondern Sandwiches und Gebäck, und in einer immer noch strahlenden Sonne landeten wir in Rio, von dem ich erneut nur Vororte wahrnahm, die auch Bologna oder Barcelona hätten sein können. Der Flughafen sozusagen im Wasser drin. Ich schlenderte durch die Hallen und hätte gern einen Espresso getrunken, tat es aber nicht, weil Johanna an jener Theke saß. Viel zu früh ging ich durch den Zoll und wurde von einem Beamten, der allein vor dem Durchgang zum Zollbereich herumschlenderte, in ein langes Gespräch verwickelt, das ich in einer plötzlich aufwallenden Panik für ein Verhör hielt; dabei wollte er sich nur die Zeit vertreiben. Füllte sogar meine Ausreisekarte aus. Als ich endlich in einem der weichen Wartesessel versank, wurde mir klar, daß ich die ganze Zeit das fließendste Portugiesisch gesprochen hatte; die Angst ist die beste Sprachlehrerin. Sofort allerdings, als sei das der Preis für die übergroße Anstrengung, fiel mir kein einziges Wort mehr ein. Auf der fernen Piste (in der untergehenden Sonne) landete die Lufthansa-Maschine wie eine Ente auf einem Bach. Natürlich mußte ich trotzdem noch mehr als eine Stunde warten, aber nun war ich von Landsleuten umgeben, die von ihren Triumphen in den Bordellen Rios erzählten, und fühlte mich schon ein bißchen zu Hause. Und als ich dann im Flugzeug saß, das von nahem eine mächtige DC 10 war, spürte ich zum erstenmal seit langem Spuren jenes Gefühls in mir, das Wohlbefinden heißen mochte und das mich zum letzten Mal durchflutet hatte, als ich am Swimmingpool des Hotel Nacional den nackten Frauen beim Kopfspringen zugeschaut hatte. Johanna war unsichtbar geworden (saß sie in der ersten Klasse?), und als die Maschine zur Piste zu rollen begann, hörte ich damit auf, nach ausschwärmenden Polizisten Ausschau zu halten. Aber erst als wir in jenem sternenübersäten Südhimmel flogen, von dem die Seefahrerbücher berichten, merkte ich, wie sehr ich Angst gehabt hatte. Mein Herz zuckte in mir als nehme es alle Schrecken der letzten Tage zum ersten Mal wahr. Gleichzeitig war ich triumphal glücklich. Aß das Lufthansa-Essen mit einem Heißhunger und trank Dortmunder Actien Bräu wie ein Erlösungsgetränk. Es beruhigte mich, und langsam versank ich in einer angenehmen Langeweile, die noch viel angenehmer wurde, als ein Film gezeigt wurde, in dem sich ein invalides Mädchen und ein Baseball-Star leidenschaftlich küßten; aus irgendeinem Grund starb das Mädchen, und der Star hockte mit seinem Schläger an ihrem

Totenbett. An Stelle der Dialoge hörte ich aus Stöpselkopfhörern das Geigenkonzert von Mendelssohn, und oft brauste die Musik gerade dann auf, wenn sich die Verzweifelten in die Arme stürzten. Später schlief ich ein bißchen; aber zur Zwischenlandung in Dakar war ich wieder wach: Lagunen voller Pfahlbauten und Langboote in einer frühen Dämmerung; eine Piste zwischen Sand und Palmen. Niemand stieg aus, keiner ein. Ums Flugzeug herum nur ein paar Schwarze mit Ohrenklappen und ein R4 der Air France. Das heißt, jemand stieg doch aus, die Crew nämlich, und wir bekamen einen ganzen Satz neuer Stewardessen. Über Afrika war die Luft so rein, daß ich, obwohl wir zehntausend Meter hoch flogen, Elefanten zwischen runden Bäumen zu erkennen glaubte. Häuser sah ich ganz sicher, Hüttendörfer, und Pisten, auf denen Fahrzeuge staubten. Eine weite wellige Wüste, die ich für die Sahara hielt. Viele weiße Häuser waren Casablanca und kamen mir schon fast wie die nähere Heimat vor. Dann wurde es wolkig unter uns, und ich schlief nochmals ein, und als ich wieder aufwachte, flogen wir über Aschaffenburg, draußen war ein gräßliches Nieselwetter, und mir wurde klar, daß ich in Jimmys Clownskostüm bald erbärmlich frieren würde. Sturmböen schüttelten das Flugzeug, und ich hatte nicht das Gefühl, der Pilot finde die Piste auf dem kürzesten Weg. Immer wieder korrigierte er die Lage der Maschine, mit den Flügeln wackelnd, und taumelte endlich mit Ach und Krach über die Autobahn hinweg; das

Aufsetzen auf der Piste ein Kompromiß zwischen Landung und Absturz. Regenschauer peitschten an die Fenster, und auch die Musik, die sofort einsetzte (Mozart im Viervierteltakt), stimmte mich nicht heiterer. Wir wurden gebeten, angeschnallt sitzen zu bleiben bis zum vollständigen Stillstand der Maschine, und das taten wir denn auch alle.

Die Paßkontrolle brachte ich problemlos hinter mich (wieder ein kaum Zwanzigjähriger, der einen flüchtigen Blick auf meinen Namen warf), und Johanna sah ich erst bei der Gepäckausgabe wieder. Sie stand am Förderband, da wo die Koffer aus einem Loch herauskamen wie erkaltete Brocken aus dem Erdinnern, und trug nun einen weißen Wollmantel, in dessen Taschen sie ihre Hände versorgt hatte. Ein Bild völliger Gelassenheit. Ich sah so verloren zu ihr hin, daß ich meinen Koffer erst erkannte, als er ein paar Runden hinter sich hatte; noch hatte ich mich an seine Samsonite-Scheußlichkeit nicht gewöhnt. Ich legte ihn auf einen Drahtwagen und schob ihn durch die Zollpforte, an der *Nichts zu verzollen* stand. Vor dem Ausgang draußen viele Leute, die einen wie mich abholen wollten; gerade fielen die Bordellbesucher ihren Frauen in die Arme und beschenkten sie mit überlebensgroßen Pandabären aus Plüsch. Und dann stand da noch Horst (vor einem Plakat für Käsefondue; eine Sekunde lang glaubte ich: meinetwegen), in einen Fellmantel verpackt, aus dessen gewaltigem Kragen sein Köpfchen wie eine Beule herauswuchs, mit einer in Plastik eingeschweißten

Rose in der Hand, die er gerade eben Johanna in die Hand drückte; und diese stellte sich tatsächlich auf die Zehenspitzen, um ihn zu küssen. Mir wurde schwindelig, und ich setzte mich auf meinen Koffer. Saß da und sah den beiden nach, wie sie zu den Taxis gingen. Er trug ihren Koffer, und sie surrte neben ihm her wie eine Libelle neben einem Ochsen. Lange nachdem sie in einem dieser puddinggelben Autos verschwunden waren, begann ich vorsichtig zu prüfen, ob mich meine Muskeln wieder trugen. Sie taten es, vermutlich auch, weil durch die Ankunftshalle eine Bise pfiff und ich mit den Zähnen zu klappern begann.

Erst als ich auch in einem Taxi saß und dem Westkreuz zufuhr (ein schwarzer Wolkendeckel so tief über der Stadt, daß die Kanzel des Fernsehturms darin verschwand), dämmerte mir, daß ich erneut einmal kein Geld in der Tasche hatte; und wohl auch keins in der Wohnung. Wenigstens hatte ich den Schlüssel. Ich hielt den Mund, bis zum Messegelände, und bereitete dann den Fahrer (einen dicken Mann, der schnaufte statt zu atmen) schonend auf meine Insolvenz vor. Er honorierte meinen Takt überhaupt nicht und begann zu brüllen, sehr laut, was mich wiederum so reizte, daß ich zurückbrüllte. So fuhren wir eine Weile, einem Raubtiertransport ähnlich. Schließlich, nach einer langen Rücksprache mit der Frau am Mikrofon der Zentrale (sie blieb ungerührt und schlug sich am Ende offen auf meine Seite), beruhigte sich mein Fahrer ein bißchen, denn natürlich war auch mein Fall in den

Beförderungsbestimmungen vorgesehen. Wir tauschten die Adressen, und ich stand wieder in der Kleinen Wiesenau, vor meiner Wohnung, deren Miete ich für diesen Monat noch nicht bezahlt hatte; und ich hatte auch keine Ahnung, womit ich den nächsten bestreiten sollte. Die Fenster schwarz und fremd. Ich stieg langsam die Treppe hinauf, den Koffer nachziehend wie eine alte Schuld. Unterwegs kam mir der Sohn meiner Nachbarin entgegen, ohne Rollschuhe, dafür mit einer jungen Frau, die kicherte, als wir uns aneinander vorbeidrängten. Ich schloß die Tür auf und war wieder zu Hause. Alles wie immer. Staubluft, vom fernen Sommer übriggeblieben. Die Laken des Betts waren noch von Johannas letzter Nacht zerknautscht; jedenfalls hatte ich sie seit ihrer Flucht nie mehr straffgezogen. Ich stellte die Indianergnome in den Korridor und setzte mich auf den Bettrand. Klopfte ein paar Brösel vom Leintuch. Hockte dann da, bis ich so fror, daß ich mich aufrappelte, die Heizkörper aufdrehte und die Badewanne randvoll mit Wasser füllte, das so heiß war, daß es mir den Atem nahm.

15

Lange lag ich im Wasser und seifte auf meiner Haut herum, bis meine Gedanken dem Dampf im Badezimmer glichen und mein Herz im Rhythmus der Tropfen schlug, die aus dem Hahn in die Wanne fielen. Die Heizkörper ächzten unter dem Druck der plötzlichen Hitze. Einmal klingelte das Telefon. Ich wusch mir die Haare, zog neue Wäsche an, ein frisches Hemd, einen Anzug, der mir paßte (hellbrauner Cord), schaltete das Radio ein und aus (Werbung), warf die verwelkten Blumen in den Müll und wechselte sogar die Leintücher. Legte die Couchdecke, eine rot-schwarz gemusterte aus Nordafrika, über das Bett. Mit einer Tasse Tee setzte ich mich an meinen Schreibtisch und sah durchs Fenster in einen Sturm hinaus, der mir sagte, daß ich zu Hause war. November. Ich hustete. Hob den Telefonhörer ab, um Johanna anzurufen, und legte ihn wieder auf die Gabel. Dann blätterte ich in alten Bilanzen und Zinshochrechnungen (denen, die Horst mir gelassen hatte) und fand sie wie Rätsel. Immerhin erinnerten sie mich daran, daß ich meine Finanzprobleme nicht gelöst hatte; meine andern ja eigentlich auch nicht. Früher oder später mußte ich mit Horst sprechen; und mit der Bank für Gemeinwirtschaft. Ich seufzte und holte die Zeitung der Nachbarin aus dem Korridor. Es gab noch mehr Arbeitslose. Die Autoindustrie hatte so viele Autos abgesetzt wie noch nie, und über Grundig gab es eine Meldung auf Seite eins (nämlich, das Unternehmen entlasse ein paar tausend Mitarbeiter) und eine im Wirtschaftsteil (die sagte, die Firma werde eine höhere Dividende ausschütten). Die Kurse höher, aber nicht hoch genug, daß meine gepfändeten Papiere daraus irgendeinen Nutzen ziehen konnten. Die Zinsen fielen.

Mit der Zeit verjagten die Zahlen den Dampf in meinem Hirn, und das alte Denken war wieder da. Als sei ich nie weggewesen. Ich stand auf und stopfte die Zeitung unter die Fußmatte der Lehrerin. Dann zog ich meinen Regenmantel und einen Hut an (einen englischen, der in jede beliebige Form zurechtgedrückt werden konnte) und ging (mein Auto in Nizza!) in den strömenden Regen hinaus. Am Wiesenaueck vorbei: es war wegen eines Todesfalls geschlossen (der Wirt?). Durch den dunklen Holzhausenpark, in dem ein einzelner Hund unermüdlich einen Ball einfing, den sein Herr immer wieder in die schwarzen Büsche warf; beide waren klatschnaß und glichen einander so sehr, daß es sein konnte, daß zuweilen auch der Herr losrannte. Auf den Straßen hinter dem Park Pfützen wie Seen. Autos spritzten, und einem heulend daherrasenden Polizeiauto waren Flügel aus Wasser gewachsen, die an Hausmauern und Passanten zerklatschten. Langsam verwandelte sich der Regen in ein Gesprüh aus Nadeln. Ich hielt die Hände vors Gesicht, ging vornübergebeugt und war dennoch durchnäßt, als ich beim Haus meiner Schwester ankam. Ich weiß nicht, wieso ich nun just sie sehen wollte; vielleicht weil sie meine Probleme zuweilen so absolut ignorierte, daß diese sich tatsächlich in Luft auflösten. Heute aber hörte ich schon auf der Treppe eine zweite Stimme aus ihrer Wohnung (ich wollte umkehren und ging unvermindert schnell weiter): sie und Johanna saßen am Küchentisch und sahen mich fröhlich an. Wir küßten uns; und schon sprachen die beiden weiter. Ich zog Mantel und Schuhe aus und hockte triefend am Ufer ihres heitern Gesprächsbachs. Trank, wie sie, Chianti aus einer dickbauchigen Flasche und verstand nichts, schon gar nicht den Grund ihrer Heiterkeit. Sie sprachen von Horst, aber das fand ich nicht komisch. Johanna sah wieder wie früher aus, trug ein T-Shirt und Jeans. Meine Schwester war dicker geworden und hatte eine neue Frisur, einen chinesisch anmutenden Turm. Ihre Wangen glühten (sie sah glücklich aus), und sie erzählte, sie sei zusammen mit der Crew eines australischen Jumbos in einer Sauna gewesen, und die Kapitäne hätten, um ihren Stewardessen zu imponieren, Schnaps statt Wasser auf den heißen Ofenstein gegossen. Als meine Schwester aus der Höllenhitze floh, folgten ihr alle Stewardessen. Johanna plauderte als sei sie nie weggewesen. Ich öffnete zwei-, dreimal den Mund und wollte auch etwas sagen, aber es war nie das Richtige (Stille danach, bis das Gespräch wieder Tritt faßte), und so trank ich schließlich schweigend und versuchte, das ruhige Sitzen angenehm zu finden. Aber es gelang nur halbwegs. Die beiden Frauen waren wieder bei Horst angelangt und freuten sich über seine Vorliebe für teure Restaurants. Ich lächelte (mit schmerzenden Mundmuskeln) und kriegte einen Hustenanfall, der sich kaum mehr beruhigen wollte. Die beiden Frauen verstummten und sahen mich an.

»Ich wollte euch zum Nachtessen einladen. Zu einem Käsefondue.«

Beide prusteten los, als sei dies die Überpointe zu dem ohnehin schon guten Witz, der ich war. Ich erstarrte (glühendheiße Ameisen rasten vom Hirn zu den Zehen hinab) und fuhr dann in die Höhe, zog in wilder Wut die Schuhe an (die Frauen einen Augenblick lang perplex; dann erklärten sie mir beide gleichzeitig etwas, was ich nicht verstehen wollte) und rannte weg. Als ich die Wohnungstür zudonnerte, war der Bach, der eben noch in jugendlichem Tollsinn eine Blumenwiese hinabgesprudelt war, schon erfroren.

»Warte!« rief Johanna, oben auf dem Treppenabsatz.

Aber jetzt wurde ich von einer Welle gekränkten Stolzes die Treppe hinabgespült; übersprang immer mehr Stufen, blind von Tränen, die eine unbekannte Macht von tief innen aus mir herausdrückte. Die Hand auf dem Geländer glühte. Durch den Korridor lief ich im Dunkeln, weil das Licht plötzlich ausging. Während die

Haustür hinter mir ins Schloß fiel, hörte ich von hoch oben noch einmal Johannas Stimme. »Esel.«

Der Regen rauschte noch immer in die Glyzinien. Die Straßenlaternen schwankten noch heftiger. Ich ging, ohne mich um Pfützen zu kümmern und hielt halblaute Reden, in denen ich irgendwem meine Meinung sagte. Ich hatte das früher schon getan, als Kind, und den Mauern Tritte gegeben. Als ich eine Telefonkabine sah, rief ich das träge Mädchen an und lud sie zu einem Fondue ein. Sie hörte mir erstaunt zu (ich schimpfte mit ungebremster Wut weiter) und war einverstanden. Als ich aufhängte, dachte ich, ein bißchen beruhigt, daß dieses fadenziehende Essen in der Tat gut zu ihr paßte.

Es paßte auch (jetzt schien alles in einem Aufwasch zu gehen), daß ich, als ich meine Wohnung betrat, Horst vorfand, über meinen Schreibtisch gebeugt und an den Schlössern des Koffers herumfummelnd; diesen elenden Schnüffler, der keine Grenzen zu kennen schien. Nicht einmal Licht hatte er gemacht. Er stand, tatsächlich ein bißchen verlegen, mit dem Rücken zum Koffer und hielt eine Taschenlampe umklammert. Ein Furunkel auf seiner Stirn ließ ihn wie ein Einhorn aussehen. Ich zog den Mantel aus und ging um ihn herum, ohne ihn aus den Augen zu lassen. Er stand wie angewurzelt; nur seine Augen, flackernde Löcher, wanderten mit mir mit.

»Kleiner Einbruch?« sagte ich, und als er schwieg: »Was??«

»Jetzt tun Sie nicht so«, sagte er mit der Stimme eines kleinen Jungen. »Ihre Lage ist auch nicht die beste. Ich wollte Ihnen ein Geschäft vorschlagen.«

Ich antwortete nicht – jetzt nur keinen Fehler machen! – und lehnte mich gegen das Glas der Balkontür, um meinen Kopf höher zu behalten als er seinen. Er seufzte und setzte sich auf den Drehstuhl vor dem Schreibtisch. Ich ließ mich auch nach unten rutschen, zur Seite, bis ich auf der Fensterbank hockte. In meinem Rücken prasselte der Regen gegen die Scheiben. Horst stierte auf den Teppich. In seinen Händen baumelte die Taschenlampe wie eine an einem Baum vergessene Frucht.

»Sie haben doch das ganze Indianerzeugs«, sagte er schließlich. »Ich interessiere mich für diese alten Kulturen; mein Hobby.«

»Wer hat Ihnen von meinem Koffer erzählt?«

»Das wissen Sie doch.« Er flüsterte beinah. »Sind denn da Dokumente bei, Mythen, alte Schriften und so?«

Ich sagte wieder nichts (deutsch konnte er also auch nicht), und er rutschte auf dem Stuhl hin und her. »Ich habe mir gedacht«, er drückte an seinem Pickel herum, »ich ziehe meine Klage zurück, und Sie stellen mir das Material von dem Indio zur Verfügung. Das interessiert Sie doch sowieso nicht.«

»Sie haben die Klage doch längst zurückgezogen. Johanna hat es mir gesagt.«

»Oh.« Er hob den Kopf. »Hat sie das.« Er sah mich

an, fragend wohl, aber sein runder offener Mund ließ ihn verblödet aussehen. Ich hörte eine Weile auf den Regen, der nun in heftigen lauten Stößen gegen die Scheibe schlug, stand dann auf, holte den Kofferschlüssel aus der Tasche und ging zum Schreibtisch. Horsts Augen leuchteten. Er hatte plötzlich etwas Indianisches; etwas Verendendes.

»Es sind keine Dokumente«, sagte ich, während ich den winzigkleinen Schlüssel drehte. »Es sind magische Statuetten. Wer eine hat, steht unter dem Schutz aller Indios. Ich habe etwa zweihundert.«

Da sprang der Deckel auf, und wir starrten beide in den Koffer. Dollarnoten bis zum Rand, gebündelt und mit weißen Bauchbinden. *Ich* hatte die Beute, und Jimmy hatte sich mit Enrique um die indianischen Schnitzereien gebalgt. Ich begann zu zittern (als ob sich ein anderer in mir schüttelte), und erst als Horst neben mir ein Grunzen herausbrachte, hob ich den Kopf über den Kofferdeckelrand und sah mich im Spiegel, mit demselben offenen runden Mund wie vorher Horst.

»Herr du meine Güte«, sagte dieser und ließ sich rückwärts auf die Couch fallen. Da lag er und zappelte mit den Beinen und stieß seltsame pfeifende Töne aus, die sich langsam in ein wildes Lachen verwandelten. Schließlich wippte er auf dem Bett auf und nieder als habe er Krämpfe. Ich blieb ernst und schloß den Koffer. Obwohl ich doch täglich mit Geld umging, hatte ich noch nie so viel gesehen. Faßte mit einer Hand nach meiner Stirn und fühlte, daß sie naß und heiß war. Auch Horst war puterrot und schlug sich nun mit beiden Fäusten auf die Oberschenkel. Schüttelte dazu fassungslos den Kopf. So mußte er ausgesehen haben, als er mit seinem Panzer den Bahnhof zertrümmert hatte.

»Wir kommen ins Geschäft«, japste er. »Ich schlage vor, halbe halbe. Ich habe nur *eine* Bedingung.«

»Nämlich?«

»Sie erzählen mir alles genau wies war, und ich schreibs auf.«

»Ich bin doch nicht wahnsinnig«, sagte ich.

Er stand auf. »Um zehn, in meinem Büro.« Er war wieder der alte mutige Hase, strahlte übers ganze Gesicht und haute mir seine Pfoten auf beide Schultern. »Sie sind ja viel smarter als ich dachte.« Er öffnete den Kofferdeckel nochmals, starrte hinein wie auf einen Inkaschatz und steckte sich ein einziges Dollarbündel in eine Jackentasche. Es sah eher wie eine sentimentale Regung aus, nicht wie Gier. »Bringen Sie meinen Teil morgen mit«, sagte er und schloß den Koffer. »Nehmen Sie die Küchenwaage.«

Unter der Tür wandte er sich nochmals um. Er hatte rote Ohren. »Ich wäre gern noch ein paar Augenblicke geblieben. Aber leider bin ich verabredet.« Er glühte. »Wir essen ein Fondue.« Er hob bedauernd die Schultern und schritt die Treppe hinab, gewiß, mir den Todesstoß versetzt zu haben. Das hatte er nicht (die Hiebe der letzten Zeit hatten mich unsterblich gemacht), aber als ich die Tür schloß, fühlte ich mich elend und traurig. Ich trat zum Fenster und spähte hinaus, sah aber nur Wasserströme über das schwarze Glas fließen. In der Mitte des Zimmers der Koffer wie ein Kultobjekt. Auf der zerdrückten Bettdecke Horsts Taschenlampe, deren Strahl (hatte sie die ganze Zeit über gebrannt?) ein kleines Ölbild an der Wand beleuchtete (eine Zitrone auf einem Fensterbrett). Ich löschte sie und steckte sie in eine Schublade des Schreibtischs. Dann erinnerte ich mich an einen Rest Aquavit, der im Kühlschrank stand. Ich hatte gerade eine Hand am Türgriff, als es klingelte. Das Geld! Ich schob den Koffer unters Bett und ging öffnen.

Es war nicht das träge Mädchen, sondern Johanna. Sie war naß, sogar im Gesicht (Tropfen wie Tränen), und lächelte, unsicher, vielleicht weil wir im Zorn geschieden waren. »Darf ich hereinkommen?« Obwohl ich es ihr nicht so leicht machen wollte, trat ich zur Seite, schloß die Tür hinter ihr und lächelte auch; weil sie es tat. Sie hängte ihren Mantel mit jenen Bewegungen an einen Haken, die man nur an den ganz vertrauten Orten hat.

»Du bist zu einem Fondue verabredet«, sagte ich.

»Ich? Mit wem?«

»Horst war eben hier.« Ich rührte mich nicht von der Tür weg, weil ich, um zu meinem Stuhl zu kommen, ganz nahe an ihr vorbei hätte gehen müssen. »Er freute sich auf dich; er hatte ganz rote Ohren.«

»So?« Johanna verschwand in der Küche, aus der ich

die Kühlschranktür klicken hörte. »Was wollte er denn?«

»Daß ich ihm die Indiosachen gebe, und ich soll ihm meine Erlebnisse erzählen.«

Sie kam mit dem Aquavit zurück, der vorhin mein Ziel gewesen war; verteilte den Rest gleichmäßig in zwei viel zu große Gläser und gab mir eins. Trank ihren Tropfen als sei er eine Medizin, die sie dringend benötigte. Dann setzte sie sich auf den unbequemsten Stuhl, eine bäurische Antiquität mit drei Spinnenbeinen und einer dreieckigen Sitzfläche, die ich von einem Großvater geerbt hatte und die völlig aus den Fugen war. Ich hockte wieder vor meinem Schreibtisch. Sie versuchte, still zu sitzen und konnte dennoch nicht verhindern, daß der Stuhl ächzte und schwankte.

»Horst schreibt Bücher«, sagte sie. »Romane. Weil ihm keine rechten Handlungen einfallen, nimmt er sie sich wo er sie kriegt.«

Ich nickte. »Als Gegengeschenk will er die Klage zurückziehen. Hat er doch schon getan, oder?«

Johanna zuckte die Schultern; knirschte auf ihrem Stuhl hin und her (eins der Beine schon sehr schräg), und ich fragte mich, was sie mit all diesen Männern wollte. Jimmy, Schmitt und diesem elenden Horst. Sie küßte sie! Der Regen prasselte gegen die Fenster als wolle er sie zerschlagen. Unter dem Druck des Winds bog sich die Balkontür, und die paar Papiere, die mir geblieben waren, hoben und senkten sich über der Tischplatte wie Rochen in einem leise bewegten Meer.

Erst jetzt bemerkte ich den Aquavit in meiner rechten Hand und trank ihn.

»Ich will mit *dir* essen.« Sie versuchte mit einer Hand nach meinem Knie zu fassen, zog sie aber schnell zurück, als der Stuhl umzukippen drohte. »Sogar Fondue, wenns sein muß.«

Ich atmete so heftig aus, daß meine Lungen pfiffen. Sah sie an; und langsam verschwand das Gefühl, alle Muskeln einzeln zu spüren, verkrampfte Körperfeinde, die auch untereinander im Streit lagen und mich gleichzeitig nach allen Seiten zerrten. Ich fühlte plötzlich einen Eisenring um meine Brust und gleichzeitig, wie er weich und weit wurde. Spürte meinen Hintern sich als ein Ganzes auf die Fläche des Stuhls senken; den bis dahin *ich* mit meinen klammernden Muskeln aufrecht gehalten hatte. Streckte nun auch die Beine aus und ließ die Arme baumeln; sogar das Kinn sackte nach unten als finde es endlich Frieden. Jedenfalls biß ich nicht mehr die Zähne aufeinander und beschloß (wie erlöst über den Einfall), meinen Indiognom Horst zu schenken. Stand sofort auf, holte ihn aus der Sakkotasche von Jimmys Kostüm und stellte ihn auf den Schreibtisch; setzte mich wieder. Auch Johanna saß inzwischen anders: der Wackelstuhl machte sie lebensvoll wie jemanden, der keinen allzu festen Boden unter den Füßen hat. Anmutig. Aber sogar der Stuhl stand sicherer, so daß Johanna ihren Pullover ausziehen konnte; darunter trug sie eine ärmellose gelbe Bluse, als seien wir noch in Brasilien. Meine Heizung heizte wie ein Glutofen. Sie hatte einen kaputten Thermostat, der nur Alles oder Nichts kannte. Ich stand auf und schaltete sie aus.

Lange saßen wir ohne ein Wort zu sprechen. Zum ersten Mal fiel mir auf, wie laut mein Haus war: irgendwo zirpte so etwas wie eine Grille (der Gaszähler?), Schritte gingen, Klos spülten; jene dumpfen Stimmen, die nur von einem Fernseher herrühren konnten. Johanna, ihre Augen, hellblaue Punkte, wurden größer; als ob die Konturen der Ränder unscharf würden. Ich starrte in dieses zerfließende Blau. Als es das ganze Zimmer ausleuchtete (und mein ganzes Hirn), stand Johanna auf und ging ins Bad; der helle Schein, ohne zu verschwinden, wurde wieder schwächer. Ich hörte sie rumoren. Als sie zurückkam, trug sie meinen Morgenmantel, einen uralten braunen Wollsack, dessen Gürtel verlorengegangen war (über ihrem Bauch zwei zusammengeknotete Krawatten). Nackte Füße. Sie beugte sich zu mir nieder, als es klingelte. Atem an Atem blieben wir bewegungslos. Als ich begriff, hob ich einen Zeigefinger vor den Mund; stand auf (Johanna machte mir geräuschlos Platz), schlich zur Tür und preßte ein Auge auf den Spion.

Vor mir, groß wie eine Mondscheibe, schwebte das Gesicht der trägen Frau, ihre käsigen Wangen, die im Korridorlicht noch ungesunder als sonst aussahen; Chinesenaugen. Sie klingelte nochmals und biß sich auf die Lippen. Ich wagte kaum zu atmen. Plötzlich war eines ihrer Augen ganz nahe vor meinem, und ich starrte hinein. Ein graues Meer. Ich weiß nicht, was *sie* sah, jedenfalls rannte sie plötzlich die Treppe hinunter. Ihr Mund offen als wolle er schreien. Ich hörte ihre Schritte und schließlich, weit weg, die Haustür. Erst dann löste ich mein Auge vom Guckloch und wandte mich um. Johanna stand am gleichen Ort und hatte beide Daumen in den Krawattengürtel gehängt.

»Nichts«, sagte ich. »Niemand.«

Sofort lagen wir ineinander verschlungen. Mein Gehirn war diesem Orkan nicht gewachsen und weigerte sich, irgendwelche Bilder zu stapeln. Nur Johannas zerfließendes Gesicht; den dreibeinigen Stuhl, der krachend umfiel; einmal küßten wir uns auf dem Boden rollend. Es dauerte Stunden, wenn es eine Zeit gegeben hätte; Erlösung; das Gleiche kann doch schon nach Sekunden in matte Müdigkeit umschlagen. Kein Wort niemals. Nur einmal ein so gewaltiger Sturmstoß gegen die Fenster, daß wir erschrocken innehielten. Als wir auseinanderfielen, schliefen wir auch schon.

Am Morgen hatte sich das Unwetter beruhigt und einem Graupelgrau Platz gemacht. Es war eiskalt im Zimmer. Ich stellte den Thermostat wieder an und gab Johanna meinen Skipullover und Wollsocken. Wir hatten beide Hunger; wir hatten vergessen das Fondue zu essen. Es war aber nur Kaffee da. Nachdem mich die zweite Tasse wach gemacht hatte, blätterte ich die Zeitung der Nachbarin durch. Nichts. Entweder hatte das Bundeskriminalamt den Verlust noch nicht bemerkt (der Computer bilanzierte vielleicht seine Fahndungserfolge als ebenso hohen Gewinn), oder es versuchte, ihn geheimzuhalten. Ich trank eine dritte und vierte Tasse, ging dann ins Bad und zog mich an: Anzug mit Krawatte; kämmte mich sorgfältig; verstruppte Haarnester, durch die ich meinen Kamm kaum hindurchkriegte. Als ich ins Zimmer zurückkam, stand Johanna in Mantel und Stiefeln vor dem offenen Koffer und blätterte ein Dollarbündel durch. Sah mich an. Ich nahm es ihr aus der Hand und steckte es ein, schloß den Koffer und schob ihn unters Bett zurück. Hand in Hand, ohne die plötzliche Dollarflut zu kommentieren, gingen wir die Treppe hinab: auf der Straße unten ich nach links, sie nach rechts. Als sie schon beinah beim chinesischen Restaurant war, rief ich: »Wo gehst du denn hin?«

»Und du?«

»Zur Bank.«

Sie lachte, warf mir einen Kuß zu und rief: »Bis dann.« Bevor ich reagieren konnte, verschwand sie hinter einem Möbelwagen, aus dem zwei Männer so etwas wie eine Tiefkühltruhe ausluden. Ich sah ihnen einen Augenblick lang zu (als seien sie ein Ersatz) und trabte dann dem rostigen Gitter entlang, hinter dem die urwaldwilden Pflanzen wucherten, vom Regen der letzten Nacht plattgeschlagen.

In der Bank für Gemeinwirtschaft saßen meine beiden Berater noch immer an ihren schräggestellten Schreibtischen und schüttelten mir die Hand als habe es nie einen Konflikt gegeben. Erst heute fiel mir auf, daß sie recht verschieden aussahen: der eine stämmig, der andre schmal, mit einer langen Nase. Ich setzte mich auf den Besucherstuhl, der mit ihren Sesseln ein gleichschenkliges Dreieck bildete, und wollte ihnen sagen, alles sei in Ordnung; sie bekämen den Kredit zurück.

»Sie haben uns das Yukon-Papier als Bürgschaft angeboten«, sagte statt dessen der mit der langen Nase. »Wir haben die Geschäftsleitung überzeugen können, es zu akzeptieren. Mit dem Kredit wäre dann also alles O. K..«

»Das Yukon-Papier könnte ich Ihnen verkaufen«, sagte ich. »Den Kredit will ich Ihnen zurückbezahlen. Jetzt.«

Die beiden sahen sich an und änderten beide gleichzeitig ihre Haltung. Der Stämmige stützte die Ellbogen auf die Tischplatte und bildete mit den Händen eine Art Zelt. Der mit der Nase klemmte diese zwischen seine beiden Zeigefinger; die Daumen hielten das Kinn. Beide wandten ihre Blicke wieder mir zu.

»Darüber können wir auch sprechen«, sagte der Stämmige und blies einen sanften Luftstrahl über seine Fingerspitzen. »Wieviel hatten Sie denn gedacht?«

»Gar nichts habe ich gedacht. Wollen Sie den Kredit etwa nicht mehr?«

»Dochdoch.« Beide sprachen gleichzeitig. »Natürlich.«

Wir regelten den Rückzahlungsmodus – auf Monatsende, die noch verbleibenden Tage zu den neuen

Zinssätzen; eine Kulanz des Hauses. Dann saßen wir eine Weile nur so herum und plauderten über den zunehmenden Protektionismus der EG-Länder und ihre Neigung, ihre Kurse aus Gründen des nationalen Prestiges hochzuhalten auch wenn die Leistungsbilanz dies durch nichts rechtfertigte. Meine Gesprächspartner lagen in ihren Drehstühlen zurückgelehnt, mit offenen Sakkos; ich hatte die Beine übereinandergeschlagen und war mit meinem Beruf beinah versöhnt. Für viele bedeutete Geld Macht, für die beiden vielleicht auch; für mich war es ein Schutz. Wenn ich arm war, konnte mich jeder zertreten. Wieder sah ich über die beiden hinweg durch die getönten Fenster: Krähen jagten sich im Nebel.

Wir erhoben uns gleichzeitig, und unter der Tür sagte der stämmigere: »Sie sind ein guter Kunde. Wir wollen Ihnen ja nur aus Ihrem Liquiditätsengpaß helfen. Hunderttausend für das Yukon-Papier, ist das nicht ein faires Angebot?«

Ich sagte, ich wolle es mir überlegen, und ging in die Halle hinunter. Warum glichen alle Banken Flughäfen und alle Flughäfen Theaterfoyers? Ich wechselte mein Dollarbündel und hatte doch ein bißchen Herzklopfen. Aber der Mann hinter dem Panzerglas gab mir das Geld ohne eine Gefühlsregung. Draußen eine fahle schwächliche Sonne hinter Wolken; immerhin. Ich suchte die Krähen, fand sie aber nicht mehr; nur ein Flugzeug im plötzlich aufreißenden Himmel. Zu Hause zog ich mich um (Jeans und ein weißes T-Shirt, auf dem ein roter Lippenmund eine lange Zunge herausstreckte); räumte das Frühstücksgeschirr auf; zwei Tassen! Ich lächelte in mich hinein und machte das zerwühlte Bett. Dann holte ich die Post und fand einen Brief meines Freunds aus Kanada. »Hier eine gute Nachricht« – er schrieb so etwas wie eine computergerechte Keilschrift – »mein Buch ist fertig. Ich glaube, es ist mir gelungen, den Zahlen ihre alte Einsamkeit zurückzugeben. Sie ziehen wieder je allein ihre geheimnisvolle Bahn im All des Geists. Endlich stehen *wir* demütig da und warten, ob sie sich uns zuwenden; nicht umgekehrt. Ich schicke das Manuskript an den Verlag, sobald ich eine letzte Anmerkung bereinigt habe; es geht darin um eine Korrektur der Lehrmeinung, daß Größe und Anzahl von potenzierenden Faktoren unbegrenzt seien. Natürlich sind sie das nicht, weil die Primzahlen sich das an einem bestimmten Punkt, der allerdings nur näherungsweise zu berechnen ist, nicht mehr bieten lassen. Herzlich dein.« Ich drehte den Brief um und fand ein Postscriptum: »Übrigens, ich habe nun das geologische Gutachten. Alles reines Kupfer. Baue den Skilift nicht. Will versuchen, den Nachbarberg zu kaufen. Leider aber sind diese Geologen fast immer Agenten der großen amerikanischen Banken.«

Ich setzte mich an den Schreibtisch und fächelte mir mit dem Brief Luft zu. War die BfG wirklich so gut, daß sie es schon wußte? Ich nahm den Koffer, trug ihn in die Küche und schichtete das Geld auf dem Klapptisch auf, auf dem ich sonst die Zwiebeln schälte. Tat abwechslungsweise je ein Geldbündel in eine Plastiktüte und eins zurück in den Koffer. Als ich fertig war, war die Tüte (eine riesengroße von L'Uomo, einem Herrenausstatter) immerhin randvoll. Ich stellte sie hinter die Moonboots in den Wandschrank und nahm den Koffer. Zog mir die Pelzjacke über, die einst in der L'Uomo-Tüte gewesen war. Ich hätte Horst das Geld ja liebend gern darin gebracht, wie ein reicher Türke, aber der Gedanke, sie könnte reißen und ihren Inhalt auf die Straße gießen, jagte mir doch einen Schrecken ein. Ich nahm ein Taxi. Es war inzwischen fast zwölf (zehn Uhr, hatte Horst gesagt), aber mit dieser Morgengabe in Händen durfte ich mir eine Verspätung erlauben. Das Messingschild an der Gartenpforte glänzend wie immer. Der Garten allerdings war nicht mehr der jubelnde Pfauenpark des Sommers; die Blumen waren verblüht und standen als braune Stengel herum, auf dem Rasen lagen faulende Blätter, und die Moore-Plastik sah schimmlig aus. Der ganze Garten schien geschrumpft. Ich ging den Weg zum Haus hinauf und wurde von derselben Frau empfangen wie das letzte Mal; sie wenigstens war immer noch sommerlich. Diesmal in einer roten Bluse. Schwebte vor mir über die Spannteppiche. »Darf ich bitten?«

Horst stand strahlend vor seinem Schreibtisch, barfuß, in einer Art chinesischem Bademantel. Wahrscheinlich wollte er mich glauben machen, er habe eine tolle Nacht mit der sommerlichen Frau hinter sich; es war inzwischen Mittag! Ich gab ihm den Koffer, und er schob ihn, ohne ihn zu öffnen, unter seinen Tisch. Dann setzte er sich in seinen Stuhl, einen wippenden Drehsessel, faltete die Hände genau so wie der stämmige BfG-Mann es getan hatte (einen Augenblick lang vermutete ich, sie hätten die gleiche Schule für angehende Führungskräfte besucht), und sagte: »Ich werde über den gesamten Vorgang schweigen. Dafür diktieren Sie Sonja alle Fakten. Ich werde sie für ein Buch verwenden und die Unterlagen anschließend vernichten. In Ihrem Beisein, wenn Sie wollen.«

»Das ist doch absurd«, sagte ich. »Das Bundeskriminalamt wird seine eigene Geschichte erkennen, Sie befragen, und schon hänge ich.«

»Das Bundeskriminalamt?« sagte er. »Wieso das Bundeskriminalamt?« Er blätterte gedankenverloren in kleinen Zettelchen herum, die ich plötzlich erkannte: meine Notizen dessen, was José mir erzählt hatte.

»Ich meine«, ich war schweißgebadet, »der Vorgang ist doch ungewöhnlich, vielleicht kümmert sich die Polizei darum.«

»Statt Argentinien«, sagte Horst, »schreibe ich, öh, Brasilien, oder Uruguay, und statt Dollars Pesos. Sie waren doch in Argentinien?«

Er goß sich aus einer roten Thermosflasche einen Schluck Kaffee ein (mich vergaß er aus alter Gewohnheit) und sah unter dem Bild seines würdigen Ahnen, in seinem Kimono und mit nackten Zehen, noch grotesker aus als das letzte Mal. Ich zog meine Pelzjacke aus und hängte sie über die Stuhllehne. »Ich habe ein Geschenk für Sie. Eine echte alte Indiostatuette. Leider habe ich sie auf meinem Schreibtisch vergessen.« Horst starrte (hatte er mich verstanden?) auf mein Hemd, schlürfte laut seinen Kaffee, und über dem Tassenrand funkelten seine Augen, stolz, einem so wachen Geist zugehören zu dürfen. Hinter ihm stand wieder die kleine aztekische Büste, und diesmal sah ich, daß sie eine recht genaue Kopie des Kolosses von Professor Schmitts Buschfarm war. In einem Regal Bücher, von denen mehrere tatsächlich Horsts Namen auf dem Rücken trugen. Saubere Glanzlackumschläge, als habe sie nie jemand angefaßt. Ich hatte auch nicht die Absicht, es zu tun.

»Ich wußte nicht, daß Sie schreiben«, sagte ich.

»Die Kanzlei und die Börse«, Horst lächelte, »das ist der Alltag. Selber Mythen schaffen, *thats the challenge*.«

Ich nickte und dachte an den toten Mann aus Gordes, dem ein Buch von Horst zum Verhängnis geworden war. An seinen Blick. Die Hitze auf jener einsamen Straße dort, die Fliegen um seinen Kopf, die Stille; und plötzlich packte mich eine gewaltige Wut auf diesen unbegabten Esel, der überall seine Finger drin haben wollte. Ich biß auf die Lippen, um nicht loszubrüllen, und ballte die Fäuste. Kann sein, daß Horst es sah, denn er stand plötzlich auf, ging zu einer Tür neben Bild und Bücherregal und öffnete sie. »Dann wollen wir mal.« In diesem Augenblick war ich ganz sicher, daß ich seiner Freundin kein wahres Wort diktieren würde. Ich war nicht verrückt. Er war imstande und veröffentlichte alles in meinem Wortlaut, weil er eines andern nicht fähig war.

Wir traten in einen kleinen Salon voller zierlicher Stilmöbel mit rosa Polstern und goldenen Beinen, die schlafenden Flamingos glichen. Wieder ein Teppich wie das Wattenmeer und ein großes Fenster, aus dem ich in einen neuen Teil dieses Gartens sah: in Stroh gewickelte Palmen diesmal, Treibbeete mit zerbrochenen Gläsern und mittendrin eine nasse Statue, eine Nymphe oder so etwas, die sich einen Dorn aus einem Fuß zog. Das einzige moderne Möbel im Salon war ein Stahlrohrtisch, an dem Sonja an einer Schreibmaschine saß und mich erwartungsvoll ansah, als könnte ich gleich jetzt, beim Eintreten schon, mit dem Diktat beginnen. Wahrscheinlich war Horst so einer, denn tatsächlich kümmerte er sich nicht mehr um mich, sondern gab ihr einige Anweisungen, die den Börsennachmittag betrafen, und ging dann, die Tür behutsam hinter uns schließend als wolle er ein erstes zartes Beisammensein nicht stören. Ich stand mit dem Rükken zum Fenster und sah Sonja und ihre Schreibmaschine an (eine mattgraue IBM), und sie lächelte zurück, alle zehn Finger auf den Tasten. Ich konnte an jeder beliebigen Ecke des Alphabets beginnen, sie war bereit.

»Meine Sekretärin«, sagte ich, »liegt den ganzen Tag auf der Couch, und wenn sie schreibt, stöhnt sie.«

Sonja lächelte ein bißchen mehr, höflich. Ich seufzte, sah in den trüben Garten hinaus und sagte dann: »Gut. Fangen wir mit einem alten indianischen Schöpfungsmythos an. Quelle: José, etwa zwanzig, ein Indio, lebt in einer Siedlung sagen wir fünfzig Kilometer südwestlich von Brasilia.« Ich hörte ihre Maschine. Sie schrieb so schnell wie ich es erwartet hatte. »Folgendes berichtete mir der junge Mann. Das All ist das Innere einer Frau. Tags erhellt uns ihr Innenlicht. Nachts aber sehen wir durch kleine Löcher ihrer Bauchwand nach draußen, wo das Ungeheure Licht brennt. Das Draußen ist gelb. Keiner von uns Menschen ist je dort gewesen, aber einige sollen an die Ränder des Drinnen gelangt sein und ein Auge an ein Sternenloch gepreßt haben. Sie kamen sprachlos zurück und verbrachten die verbleibenden Tage in wortloser Blödheit. Haben Sie das?«

Sonja tippte noch zwei drei Sekunden lang und nickte. Sie hatte helle gewellte Haare, die, wenn sie schrieb, hin und her schwangen. Ihre Hände lagen schon wieder bereit, lange gepflegte Finger mit rosa lackierten Nägeln, im selben Farbton wie die Möbel im Salon.

»Einige wenige«, fuhr ich fort und setzte mich auf einen dieser Stilstühle, »versuchten stammelnde Beschreibungen des Gesehenen. Schamanen? Wissenschaftler? Danach liegt das All in einem warmen Sand, hellwach, aber ohne Anlaß, sich zu bewegen. Zuweilen nur erscheint in der Ferne der Umriß eines ebenso gewaltigen Manns (trägt er im Innern ein anderes Weltensystem?) und nähert sich der Frau (dann verdunkeln sich unsre Sterne) und schläft endlich mit ihr. Jedesmal ist es bei uns im Innern das Ende eines Zeitalters. Sintfluten und Erdbeben. Analytiker unter uns haben daraus geschlossen, daß die Zeitbegriffe der Gigantischen andere sind als unsre, oder ihr Bedürfnis nach Vereinigung seltener. Unser Bestreben muß sein, zum Ausgang der Großen Frau zu gelangen. Aber einzelnen wird das nicht gelingen, die Menschen können nur alle zusammen ins Gelbe kommen. Wieso schaffen wir es nicht? Sind wir noch keine neun Monate alt? *Unser* Beischlaf jedenfalls ist das Abbild des Beischlafs der Großen. Ein Flehen, dem allem ein Ende zu machen. Wer weiß, was in *unsern* Frauen drin ist. Vielleicht, wenn wir Männer sie lieben, brechen auch in ihnen Kontinente auseinander.«

Als ich so weit war (und mir nichts mehr einfiel), hörte ich draußen die Haustür ins Schloß fallen. Horst war weggegangen. Ich starrte eine Weile lang stumm in den Garten (die eingepackten Palmen sahen wie Zigarren aus) und sagte dann zu Sonja, es sei genug für heute. Morgen mehr. Sie sah mich zwar etwas erstaunt an, begleitete mich aber widerspruchslos zur Tür. Draußen grauer Wolkenschleim, der mir in den Kragen und die Ärmelöffnungen kroch. Ich ging durch den Park (wo Schulkinder den Inhalt eines Abfalleimers in Brand setzten) und kaufte, als ich an einem Schreibwarengeschäft vorbeikam, Papier, ein

Farbband und ein Dutzend feiner schwarzer Filzstifte. Zu Hause fädelte ich das Farbband in die Maschine ein, wusch die Hände und begann zu schreiben. *Die Schöpfung*. Zuerst vertippte ich mich oft (schwärzte ganze Zeilen mit den Filzstiften, um die Erinnerung an ihre Lügen auch vor mir selbst zu tilgen), aber je stimmiger das Geschriebene wurde, desto sauberer sah es aus. Schließlich ertrug ich keinen Tippfehler mehr, nicht einen hochgerutschten Buchstaben, und schrieb mehrmals ganze Seiten ab. Die fertigen Blätter klemmte ich in einen Leitz-Ordner, auf den ich vor langer Zeit einmal eine kleinformatige Reproduktion jenes Bilds geklebt hatte, wo der Finger Gottes jenen des kaum erst wachen Adam berührt; zuletzt hatten Prospekte von Liegenschaften im Bauherrenmodell dringelegen. Ich fing vorne an: beschrieb zuerst meine Mutter, ihre Art, allen Leuten Hundertmarkscheine zuzustecken, und die Manie meines Vaters, aus Gott und der Welt einen Kalauer zu machen; dann, wie ich Johanna kennenlernte, ihr sofort ein Glas Bier über den Rock schüttete; mein verfrühtes Einsteigen in den Dollar und das Beschwichtigen meiner Kunden; Johannas abschiedslose Flucht und mein Suchen nach ihr (das Kino, in dem ich schluchzend saß); das Winken meiner Mutter unterm Gartentor; Marseille und Aigues-Mortes; und endlich Südamerika, seine herrlichen Weiten; immer schon hatte ich den Amazonas und die Anden sehen wollen; jene Ureinwohner, deren Weg immer tiefer in den Wald führt. Als ich mich endlich nach Frankfurt zurückgebracht hatte (ich hatte über zweihundert Seiten geschrieben), wurde es draußen schon wieder hell. Ich hatte eine ganze Nacht gebraucht! Stand ächzend auf (Nacken und Schultern schmerzten, sogar die Fingerkuppen), wankte in die Küche, briet mir Spiegeleier und aß sie stehend, gähnte und fiel noch kauend aufs Bett. Schlief ein und träumte, ich läse uralte Papierrollen mit indianischen Schriftzeichen, die ich aus hohlen Bäumen ausgegraben hatte: die Lösung. Fuhr schreiend hoch. Zitterte. Vor den Fenstern immer noch ein Zwielicht, oder schon wieder; tatsächlich gingen im psychologischen Institut die Putzfrauen mit Staubsaugern herum. Ich duschte und fühlte mich frisch und kräftig. Stieg in meinen Cordanzug, trank einen Orangensaft, rief Johanna an (niemand zu Hause), las herumblätternd ein paar Seiten meiner Geschichte, stellte dann Horsts Indiostatuette darauf (riß endlich die Folie ab, so wie José es mir gesagt hatte) und ging zum Taxistand vor dem Chinarestaurant, über dem die Tuschekleckse violett leuchteten wie ein meterhoher Spott. Nannte dem Fahrer die Adresse meiner Mutter (nach Bad Vilbel wäre ich früher nie mit dem Taxi gefahren), und während die Ziffern auf dem Zähler zu rotieren begannen, dachte ich, daß ich mein Auto in Nizza holen oder ein neues kaufen mußte. Einen Jaguar! Ich hatte keine Ahnung, wie spät es war, nur ein neuer Hunger sagte mir, daß seit den Spiegeleiern viel Zeit vergangen war. Meine Mutter! Nun kam ihr Sohn und erlöste sie! Von ihr hatte ich meine Sehnsucht nach dem Reichsein geerbt, und meine Verstörung vor dem alltäglichen Geld.

16

Keine Ahnung, wieso, aber die Straßen waren verstopft wie im schlimmsten Berufsverkehr. Wir krochen unendlich langsam durch die Eschersheimer Landstraße und standen schließlich, endgültig und für alle Zeiten, ziemlich genau da, wo die alte Dame wohnte; Horsts Mutter. *Ihr* Sohn, auch wenn er plötzlich im Geld schwamm, ging sicher nicht zu ihr hin und füllte ihren Schoß. In einem plötzlichen Entschluß nahm ich einen Zwanzigmarkschein aus der Tasche, gab ihn dem Fahrer und stieg aus. Es war inzwischen ganz dunkel geworden. Die Autos in Viererkolonnen, mit laufenden Scheibenwischern, hinter jedem Glas bewegungslose Köpfe. Abgase wie Bodennebel. Ich ging in die kleine Seitenstraße und sah auch gleich den schwarzen Schatten des Hauses: giebelig, mit vielen Kaminen vor dem leuchtenden Himmel, schweigend. Hier war überhaupt alles still und klar; die fernen Autos wie Brandungsrauschen; die Äste hoher Bäume knarrten im Wind, und da und dort bellte ein Hund. Am Ende der Straße ein Mann im Licht der Scheinwerfer seines Autos, ein Garagentor öffnend. Ich tastete nach der Klingel. Wasser tropfte von den Büschen, und meine im Efeu suchenden Finger wurden naß. Das Fauchen einer unsichtbaren Katze irgendwo im Dunkeln, nahe. Endlich fand ich den Knopf. Fast sofort, als habe die alte Dame hinter der Tür auf mich gelauert, der Summer der Gartenpforte. Weil ich mich an eine unsichtbare Stufe erinnerte, tastete ich mich wie ein Blinder unter tief hängenden Ästen vorwärts; und während ich dann dem Wasserguß einer Tanne auswich, stolperte ich auch schon über den erhöhten Tritt. Die Tür ging auf, und im gelben Licht der Eingangshalle stand Johanna.

»Was tust *du* hier?« stammelte ich und rappelte mich auf. Meine rechte Hand war zerschürft und mein Rücken naß, weil die Tanne mich trotz meinem Sprung erwischt hatte.

»Ich war sicher, daß du kommst«, sagte Johanna. Sie nahm mir den Mantel ab und deutete auf die alte Dame, die hustend und krachend aus dem Salon kam, in einen südlichen Stoff gewickelt als sei Hochsommer und sie eine Vestalin. »Meine Mama kennst du ja.«

»Deine Mama?!« Ich starrte Johanna so fassungslos an, daß ich die Hand der alten Dame zu schütteln vergaß. »Aber sie ist doch die Mutter von Horst.«

»Manche Frauen haben zwei Kinder«, sagte die alte Dame. »Ich freue mich, daß Sie gute Nachrichten für mich haben. Bitte, kommen Sie.«

Sie ging voraus in den Salon, der noch immer wie ein Lagerraum für alte Teppiche und antike Töpfe aussah. Diesmal saß ich auf einem der Sessel; mir gegenüber, auf dem unbequemen Sofa, die alte Dame und ihre Tochter. Ich konnte zwischen den beiden keinerlei

Ähnlichkeit entdecken (oder etwa so viel wie zwischen der Antike und dem zwanzigsten Jahrhundert), höchstens daß die Augen beider glänzten wie feuchte Steine. Eine Wanduhr schlug. Hier zwischen Vorhängen und düstern Lampen klang der Verkehr draußen wie die Stille der Ewigkeit.

»Ich habe das Geld wieder«, sagte ich zur alten Dame. »Morgen bringe ich Ihnen Ihre Papiere zurück.«

Das Gesicht der alten Dame begann so sehr zu leuchten (jetzt glich sie ihrer Tochter doch), daß ich mein Geldscheinbündel aus der Tasche holte und auf ihre Knie legte. »Kursgewinne.«

Johanna sah auf das Geld und lächelte. Während die alte Dame etwas ratlos auf den Segen starrte, zündete sie sich eine Zigarette an und warf das Streichholz ohne hinzuschauen in einen antiken Krug. Sie war auch in dieser unzeitgemäßen Kostümkammer zu Hause; saß auf dem Sofa als sei es bequem. Es waren neue Sachen hinzugekommen: ein großer Porzellanlöwe zum Beispiel, der aber gar nicht griechisch aussah, sondern eher chinesisch. Grub die Dame jetzt auch anderswo? Als könne sie Gedanken lesen, stopfte sie das Geld in einen Beutel mit langen Troddeln und sagte, der Hund sei persisch; sie habe ihn gekauft, weil auf Grund der politischen Ereignisse viele Gegenstände von Museumsqualität plötzlich in den Handel gekommen seien; billig, obwohl natürlich alles relativ sei; ihre Besitzer, irgendwo im Exil, bräuchten Geld. Sie habe den

Hund noch nicht bezahlt, aber nun könne sie das ja. Dazu strahlte sie mich an wie einen verlorenen Sohn, und wenn wir nicht so weit auseinander gesessen hätten, hätte sie mir wohl den Handrücken getätschelt. »Tee?« Ich nickte. Sie schwebte über die Teppiche davon als sei sie eine Hirtin und ihre Wohnung Arkadien. Aus der Küche dann hörte ich sie wieder husten wie eh und je.

»Erklär mir das alles bitte«, sagte ich zu Johanna.

»Meine Mutter ohne Geld«, sagte diese leise. »Die Hölle. Das Graben hält sie am Leben. Jimmy und ich haben« – ein Lächeln, wie um Verzeihung bittend – »unser *Know how* zusammengetan.«

Mein Kopf wurde heiß, und ich begann zu schwitzen. »Und wenn ich, statt zu deiner, zu meiner Mutter gegangen wäre?«

Sie sah mich an wie eine Forscherin ein unbekanntes Tier. »Dann?« Sie zuckte mit den Schultern.

»Dann war gar nichts zwischen dir und Jimmy?« rief ich flüsternd, gepackt von einer plötzlichen Erregung, die mich zum erstenmal, posthum sozusagen, die ganze Wucht meiner Eifersucht spüren ließ. Johanna sah auf die Teppiche unter ihren Füßen und hob den Kopf.

»Doch.«

»Und« – ich stotterte, aber jetzt wollte ich alles wissen – »und Schmitt?«

Ich hatte meine Frage wohl allzu leise gehaucht, denn Johanna rührte sich nicht, und so hörten wir beide schweigend der alten Dame zu, die, als sei sie in Delphi, in der Küche nach dem Tee grub. Plötzlich öffnete Johanna ihre Tasche, die sie sich wie ein Kissen zwischen Rücken und Lehne geschoben hatte, holte ein gerolltes Papier heraus und gab es mir, ohne es aufzurollen. Den englischsprachigen Sonderdruck eines Aufsatzes, dessen Titel fast zwei Zeilen füllte und von *Tabanidae* handelte. Von zwei Autoren gemeinsam verfaßt, von denen der eine Professor Armando Schmitt, Brasilia, war und der andere Johanna. Dr. Johanna Schmitt, Frankfurt am Main. Ich glotzte sie an. Wie viele Überraschungen dieser Art hatte sie noch zu bieten?

»Wir hatten vor fast zehn Jahren mit den gleichen Forschungen begonnen«, sagte sie. »Unabhängig voneinander. An einem Kongreß in Brüssel merkten wir das. Wir beschlossen, sie gemeinsam zu Ende zu führen. Das geschieht nicht oft in der Wissenschaft, aber es kommt vor.« Sie sah mich an. »Dann heirateten wir.«

»Und dann?«

»Ich ging mit ihm nach Brasilia.« Sie schloß ihre Tasche als sei sie die Büchse der Pandora. »Kurz bevor ich dich kennenlernte, war ich wieder hier angekommen. Was er für Leidenschaft hielt, war für mich Gewalt.« Sie hatte mir ihre Publikation abgenommen und blätterte darin; ihre Mutter schien alle Töpfe und Teller gleichzeitig auf den Küchenboden zu fegen. »Wenn wir in Harvard arbeiteten, kriegten wir den Nobelpreis dafür. Es geht um die Beeinflußbarkeit einzelner genetischer Informationsstränge, ohne daß parallel dazu laufende verändert werden.«

»Ich habe gestern nacht unsre ganze Geschichte aufgeschrieben«, sagte ich, keine Ahnung warum, denn eigentlich hatte ich sie fragen wollen, wie sie das denn habe voraussehen können, daß ich das ganze Geld kriegen würde und nicht Jimmy. »Alles genau wie's war.« Aber da kam die alte Dame von ihrer Expedition zurück, unter der Tür schon plaudernd, mit Tee und einem Gebäck, das vielleicht wirklich von den alten Griechen stammte. Immerhin machte es mich wieder auf meinen Hunger aufmerksam. Die alte Dame sprach, ihre Tasse auf einem Knie, über Troja und die Untreue Helenas; was diese und ihr Mann gefühlt hätten, als sie nach zehn Jahren zum ersten Mal wieder beieinander lagen; ob es einen Krieg wert gewesen sei. Dann gingen wir zum Niedergang von Argos über, wo die Dame einmal eine ganze Nacht auf der Terrasse des einzigen Hotels am Hauptplatz verbracht hatte, weil im Zimmer drin die Mücken surrten. Unter ihr in einem blauen Mondlicht ein so ödes Kaff, daß sie unsäglich traurig wurde. Das war doch einmal ein lebendiges Zentrum gewesen; seine Bewohner Meister im Köpfeabschlagen. Heute saßen sie müde unter bröckeligen Bogenhallen und ließen honiggelbe Perlen durch die Finger gleiten. »Noch etwas Tee?« Ich nickte, und während sie mir einschenkte, war ihr Gesicht ganz nahe an meinem, ein Runzelgewirr mit hellen klugen Augen, die mir plötzlich zuzwinkerten.

Johanna hatte inzwischen einen auf einem Stoffballen stehenden Fernseher eingeschaltet (er schien jeden Augenblick herunterrutschen zu wollen), ohne Ton, weil irgendeine Werbung lief. Ich hätte auch gar nicht zuhören können, denn in diesem Augenblick quollen die beiden andern alten Damen zur Tür herein, mit einem Getöse als seien sie zehn. Sie hatten sich seit meiner Abreise überhaupt nicht verändert (trugen dieselben Jungmädchenkleider) und begrüßten mich, als hätten sie mich nie einen Schweinehund genannt. Die, die bei solchen Wörtern loswieherte, hatte (zum Abdecken von Blumen) im Taunus Tannäste geholt, und auf der Autobahn hatten alle andern Fahrer lichtgehupt und mit den Fingern an die Stirn getippt; dabei seien *sie* die Wahnsinnigen gewesen, denn sie hätten sie dauernd auf der rechten Spur überholt; und sie sei gewiß nicht schneller als sechzig gefahren. Die depressive Dame, die dem Bericht mit leuchtenden Augen zugehört hatte, schien heute euphorisch zu sein (vielleicht hatte sie schon ein paar Gläser getrunken); jedenfalls kam sie direkt von ihrer ersten Fahrstunde und war in einem vw Golf durch den Abendverkehr gebraust. Es sei nicht schwer, das Fahren (sie kippte ein Glas von dem Süßwein); es erinnere sie ans Rodeln, da habe sie den Schlitten auch immer dahin fahren lassen wohin er selber wollte. (Im Fernsehen begann die Hessenschau, und Johanna drehte den Ton auf.) Während Johannas Mutter das Monopolybrett aufbaute, rief sie (sah dazu mich an), sie habe Lust, im seichten Wasser der Ägäis zu graben; durchaus Ältere hätten noch tauchen gelernt, und der Meeresboden müsse vor Kostbarkeiten nur so strotzen. Ob ich auch mitspielte? Ich schüttelte den Kopf, und dadurch fielen meine Augen auf den Fernseher zurück, in dem nun ein Journalist den Pressesprecher der Regierung zu neuen Maßnahmen im Bereich der Innern Sicherheit befragte (ich ließ, unhöflich gewiß, die Damen stehen und kauerte mich vor den Bildschirm), und der Pressesprecher antwortete, in die Kamera schauend statt auf seinen Gesprächspartner, ja, die Gerüchte seien insofern nicht unkorrekt, als es tatsächlich zu einer Panne im Datensystem gekommen sei; aber man habe die Situation längst wieder im Griff. Sowieso gebe es seit langem Überlegungen, die nun gelöschten Daten neu zu konzipieren; die seien durch den fast vollständigen Ausfall der vernetzten Fahndung nun eben beschleunigt worden. Aber gewiß (der Reporter hatte nachgehakt) sei das Bundeskriminalamt in der flächendeckenden Verfolgungsfähigkeit potentieller Straftäter, insbesondere aus dem Politmilieu, um Jahre zurückgeworfen worden. Ich wandte mich nach Johanna um; sie schaute ohne eine besondere Reaktion. Auf dem Fernseher setzte der Reporter zu einer neuen Frage an (sein offener Mund), aber das war nur ein schlechter Schnitt, denn wir sahen unversehens einen kahlen Raum voller Rauch, in dem Feuerwehrleute, Polizisten und Zollbeamte herumstanden. Einen Tisch, auf dem kleine längliche Gegenstände lagen (schwelend), die ich, als die Kamera mit einem Zoom darauf zufuhr, mit einem plötzlichen Schrecken erkannte. Die Indiopuppen. Sie waren verkohlt und hatten immer noch ihre großen staunenden Augen. Die männlichen schienen noch verwundeter als die weiblichen. Die Sprecherin sagte, zu einem noch nicht geklärten Vorfall sei es heute im Zollbereich des Frankfurter Flughafens gekommen, als ein aus Südamerika kommender Koffer mit unverzollten Antiquitäten (ihr Schätzwert betrage mindestens eine Million Mark) sichergestellt worden sei; dabei hätten die Beamten zwecks Untersuchung einige der Schutzhüllen der Gegenstände (etwa hundertfünfzig Statuetten aus der Zeit der Inkas, vermutlich Amulette, die der Vereinigung des Sonnenkönigs Atahualpa mit seiner Schwester Schutz gewähren sollten) geöffnet und dann in einem für Lagerzwecke vorgesehenen Raum eingeschlossen; einige Zeit später habe dieser in Flammen gestanden. Der Sachschaden werde mit mehreren hunderttausend Mark beziffert. Während die Sprecherin sprach, entfernte sich die Kamera wieder von den Gnomen und zeigte den verbrannten Raum in einem langsamen Schwenk. Hinter einer Absperrung neugierige Passanten, von einem locker dastehenden Polizeibeamten beobachtet. Unter ihnen, selber zu einer Statue erstarrt, Jimmy, in einem blütenweißen Anzug. Er schaute dem Treiben der Beamten mit traurigen Augen zu und wandte sich zum Gehen, als die Kamera auf den Zuschauern stehenblieb. Sein Rücken. In diesem Augenblick kam eine Frau auf ihn zugerannt (jung; blond) und fiel ihm in die

Arme; ein Kuß. Und schon war das Bild weg (wieder die Sprecherin), und Johanna schaltete aus. Ihre Wangen gerötet.

»War das nicht der Herr«, sagte Johannas Mutter, »der bei uns zum Tee war?«

Aber Johanna überhörte auch diese Frage und ging in den Korridor hinaus; ihre Mutter etwas verdutzt, mit einem angebissenen Keks in der Hand. Ich wurde von einer plötzlichen Unruhe ergriffen, deren Grund mir nicht klar war. Sah (das Gehirn voller Nebel) den alten Damen zu, die inzwischen am Monopolytisch saßen und mit Spielgeldbündeln um sich warfen. Dann plötzlich wußte ich, woher der Schrecken gekommen war. Rannte zu Johanna (sie telefonierte) und rief, ich müsse nach Hause. Sofort! Sie nickte und sagte (nicht zu mir), ja, Jimmy habe alles versiebt, der Flughafen sei beinahe abgebrannt. Die Statuetten seien futsch, alle. Es gebe nur noch meine. Dann hängte sie auf. Ich hatte meinen Mantel angezogen und wollte ohne lange Abschiede zur Tür hinaus. Da stand jedoch Johannas Mutter, ergriff meine Hand, legte ihre andre drauf und hielt mich fest.

»Der Herr war einmal bei uns«, sagte sie. »Ich ziehe Sie vor. Obwohl. Wir sprachen von der Akropolis. Er sagte, Lord Elgin sei zwar ein kolonialistischer Esel gewesen, aber ohne ihn hätten die Einheimischen von damals, noch größere Rindviecher, jeden Stein des Parthenon in ihre Hausmauern verbaut. Er war nicht uninteressant, jener Herr.«

Ich nickte. Meine Hand steckte in ihren Fäusten wie in einem Schraubstock. »Passen Sie gut auf sie auf«, flüsterte sie und nickte hinter Johanna drein, die unter den schwarzen Büschen des Gartenwegs verschwand. »Allein ist sie so hilflos.« Ich bekam meine Hand frei und rannte los. An der Eschersheimer Landstraße versuchten wir, ein Taxi zu bekommen: winkten und winkten und hasteten schließlich schwarzen toten Häusern entlang, die einzigen Fußgänger. Erst als wir die Hansa-Allee überquerten (vor daherrasenden Scheinwerfern einer vollgesprayten Betonwand entgegen), hielt eines. Außer Atem setzten wir uns auf die Hintersitze.

»Was tu ich, wenn Jimmy zu mir kommt?« sagte ich, als ich wieder genügend Luft zum Sprechen hatte.

»Nichts.«

Wir fuhren dem IG-Farben-Haus entlang, einem lichterglitzernden Ozeandampfer in einem schwarzen Meer. Johanna in weite Fernen entrückt, ich voller Fragen, die sich gegenseitig behinderten. Das Westend war friedlich und dunkel.

»Hua O'Leary.« Ich stellte die stillste von meinen Fragen. »Wie kommt ein Buch von Horst in seine Tasche?«

Johanna schrak hoch. »Hua?« Sie schien in ihrem Gedächtnis nach ihm zu suchen. »Oh. Hua. Er hat den Computer von Armando programmiert. Ich habe ihn mit Horst zusammengebracht, weil dieser neue Anfänge so sehr braucht, daß er sie sogar erfindet. Hua brachte ihm von jeder Reise antike Indiokunstwerke mit; erstaunliche Sachen. Keine Ahnung, wo er sie immer wieder aufgetrieben hat. Das Buch hat ihm Horst wohl einmal geschenkt.«

»Er hat die Indios zu ihrer eigenen Geschichte zurückgeführt«, sagte ich. »Mit von Horst ausgedachtem Zeug!« Ich spuckte aus, in einem plötzlichen Impuls, weil ich die fatale Unverschämtheit Horsts erst jetzt ganz begriff. Der Fahrer schaute über seine Schulter, irritiert und ohne zu begreifen, was ich getan hatte. Draußen Platanen, zwischen denen wir wie durch einen Blättertunnel fuhren.

»Wieso eigentlich« (eine drängendere Frage) »hat Jimmy *mich* mitgenommen?«

»Er wollte einen Mann.« Jetzt sah mich Johanna endlich wieder richtig an. »Ich habe ihm mein ganzes Forschungsmaterial gegeben, damit er glaubhaft wurde. Sogar mein Mikrotom. Drei Tage lang hat er Fachtermini gebüffelt. Deiner Unschuld traute er am ehesten zu, das Geld durch den Zoll zu schleusen.«

Wir bogen in die Kleine Wiesenau ein. Ein schwarzer Wagen fuhr vor meiner Haustür weg; er sah aus wie ein Jaguar; *war* einer. Ich kam mir langsam wie ein Opfer meiner Visionen vor, für die im übrigen keine Zeit blieb, denn als ich die Haustür aufschloß (Johanna noch im Taxi; sie bezahlte), roch es beißend nach Rauch. Ich stürzte die Treppen hinauf. In der Wohnung Qualm. Der Schreibtisch loderte, und gerade fingen die Vorhänge Feuer. Der Gnom eine Fackel, durch deren Flammen hindurch die Augen leuchteten; der Mund (verfließende Farbe) grinste immer breiter. Wo war der Leitz-Ordner? Mit einem Fuß warf ich den Tisch um (so schnell konnte Papier nicht spurlos verbrennen), und als ich nirgendwo einen Rest meiner Schöpfung sah, rannte ich (hustend, tränenblind) zum Wandschrank, nahm die Tüte mit dem Geld und taumelte zur Treppe zurück. Der Rauch hatte mich beinahe erstickt.

Ich gab Johanna die Tüte und hing keuchend über ihren Schultern, meinen kraftlosen Kopf über ihrem Rücken, die enge Brust gegen ihre, bis ich wieder Luft bekam. Als mich auch die Beine wieder trugen, ging ich zur Tür der Nachbarin und hämmerte mit den Fäusten dagegen. Lange. Gerade wollte ich es aufgeben, da öffnete sie, in einem weißen Bademantel, den sie vor der Brust zuhielt; barfuß. Ich japste, es brenne, die Feuerwehr! (Qualm aus meiner Wohnungstür), und nebeneinander stürzten wir in ihr Zimmer. Sie streckte die Hände flehend dem Telefon entgegen. Ein bärtiger Mann lag in ihrem Bett und starrte uns verdutzt an. Ich gewann das Rennen und wählte die 112, und meine Nachbarin (ihre Wohnung ein Spiegelbild von meiner) verschwand im Bad. Als ich den Hörer auflegte, steckte der Mann armefuchtelnd in seinem Hemd. Ich ging ohne Abschied.

Johanna an derselben Stelle. Fast bedächtig stiegen wir die vielen Stufen hinab (ein altes Paar). Draußen noch immer der schwerelose Regen, der uns netzte ohne daß wir ihn fallen spürten. Wir gingen dem zugewucherten Grundstück entlang, das jetzt, in dieser Nacht, noch wilder wirkte; als beherberge es Jaguare. In unserem Rücken das näher kommende Heulen der Feuerwehr.

»War das nicht – ?« sagte ich, als wir schon beinah beim Holzhausenpark waren und die Sirenen der Feuerwehr längst verstummt.

»Wer?«

»Horst. Sein Auto.«

Johanna hob die Schultern. »Nein«, oder als friere sie. Als wir weitergingen, hörte ich, wie die Plastiktüte bei jedem Schritt gegen ihre Beine schlug.

17

In Johannas Wohnung tranken wir die Chiantiflasche von vorgestern leer (meine Schwester war nicht zu Hause) und gingen ins Bett; lagen auf der engen Matratze Hintern an Hintern und versuchten einzuschlafen. Ich dachte an meine Geschichte und fürchtete mich, je näher ich dem Schlaf war, vor immer falscheren Händen, in die sie gelangen konnte. Irgendwann einmal schlief ich wirklich, und meine angstvollen Gedanken wurden von einem Traum aufgesogen, in dem José brennende Papiere in Händen hielt wie Lunten; darauf eine Schrift (die Spuren von Vögeln), die er schamübergossen las. Ich küßte ihn von oben bis unten und bat ihn um Verzeihung. Einmal (mitten in der Nacht) wachte ich auf, weil ich Stimmen hörte. Meine Schwester und ein Mann. Lachen und Türenrumpeln. Dann beide in ihrem Zimmer, schweigend nun. Gleich darauf hörte ich meine Schwester wieder (nur die Wand zwischen uns; ohne sie hätten wir Mund an Mund gelegen); so etwas wie ein lautes Hauchen; Töne, wie ich sie noch nie gehört hatte (hoch; fast ein Fauchen); die nach einer immergleichen Zeitspanne von einer schnellen Stille unterbrochen wurden. Ein Atmen, das nie aufhörte; ewig war. Ich merkte plötzlich, daß ich meinen harten Schwanz umklammert hielt und ihrem Rhythmus folgte. Aber Johanna war auch wach, und ich nahm die Hand weg und atmete wie ein Erschöpfter. Nach einer unendlichen Zeit (zehn Millionen Stoßseufzer) wurden die Töne (war das wirklich meine Schwester?) lauter, schneller, flehender (jetzt auch die Bettfedern), und erst als sie ein ununterbrochenes Schluchzen geworden waren, hörte ich auch den Mann, einen gurgelnden Bass. Dann war alles still (überraschend, da ich mich an die Klänge der Ewigkeit gewöhnt hatte; wie abgeschnitten). Lange starrte ich ins dunkle Zimmer. Neben mir drehte sich Johanna von einer Seite auf die andre. Endlich die Stimme des Manns, und meine Schwester lachte. Schritte tappten im Korridor, und die Klospülung ging. Auch ich mußte dringend, blieb aber bewegungslos auf dem Rücken liegen. Kriegte einen fürchterlichen Durst und Sehnsucht nach Schokolade. Schlief schließlich trotzdem nochmals (die Albe kamen nicht mehr) und wurde von einer hellen warmen Sonne geweckt.

Die Matratze neben mir war leer. Ich streifte eine Unterhose über, ging aufs Klo und dann in die Küche, wo die beiden Frauen erneut plaudernd am Tisch saßen: Johanna so, wie ich sie kennengelernt hatte (weißgetupft), meine Schwester in einem blauen Kleid, das ihr gut stand. Ein leuchtendes Gesicht. Ich setzte mich zu ihnen und wollte gerade den ersten Schluck Kaffee trinken (diese Glücksaugen meiner Schwester!), als die Tür ihres Schlafzimmers aufging und Horst herauskam. Natürlich verschluckte ich mich und hustete den Kaffee quer über die ganze Küche. Horst, der krumme Spinnenbeine hatte (quallengraue; jetzt ein paar braune Spritzer drauf), sprang zur Seite; lächelte schief. Er trug auch Unterhosen, schwabbelige Fahnen mit einem klaffenden Schlitz vorn, der, als er sich jetzt zum Tisch vorwagte, bei jedem Schritt sein Gemächte sichtbar werden ließ. Er setzte sich neben meine Schwester und legte einen Arm um sie.

»Ich habe den Schöpfungsmythos gelesen, den Sie Sonja diktiert haben«, sagte er lächelnd und knubbelte am Ohr meiner Schwester herum. »Großartig.«

Ich lächelte auch. »Ich habe eine Endzeitgeschichte, die noch viel besser ist. Millionen Tote.«

Er hatte ähnliche zu neuem Leben erweckte Augen wie meine Schwester (nur daß seine ständig in Bewegung waren) und gab mir plötzlich quer über den Tisch einen Schlag auf den Oberarm; daß die Kaffeetassen in den Untertellern hüpften. »Sagen wir uns doch du!«

»Er war mit *mir* zu einem Käsefondue verabredet«, rief meine Schwester und prustete los; lachte und lachte mit einem glühenden Gesicht.

»Das Diktieren kannst du vergessen.« Horst zog den lachenden Kopf neben ihm auf seine Schulter, meine Schwester leckte sie mit einer spitzen Zunge und legte dann eine Wange darauf, sich langsam erholend. »Ich komme ohne deine Geschichte klar.«

»Du hast sie gestohlen«, sagte ich.

Er schob meine Schwester von sich weg und setzte

sich aufrecht. »Um Gottes willen. Nie. Wie kommst du darauf?«

Ich wollte ihm antworten, konnte es aber nicht, weil ich, als sei ich ein Fernrohr und jemand habe (nach einem halben Leben!) an mir gedreht, alles in dieser Küche neu und anders sah; mit ausgewechselten Augen. Ich saß starr da: alles hatte scharfe Konturen, abgegrenzte Formen, deutliche Farben. Alles war ein bißchen kleiner geworden. Ich blinzelte und rieb mir die Augen, aber die Luft blieb so rein, daß ich sie *sah*. Als habe mich einer erweckt. Die Butter leuchtete gelb, eine gemeißelte Sonne; darin ein Messer wie ein Schwert. Das Tischtuch ein Wellenmeer. Das Salz: Korn neben Korn. Eine Fliege mit Beinen, gegen eine Brotkrume stupsend. Rings den Wänden entlang ein Band aus weißen Kacheln, die mich blendeten.

Auch die Menschen waren verwandelt. Meine Schwester leuchtete in einem blauen Schein (über ihren Haaren ein heller Ring), hatte gerötete Wangen und Augen, die mir zugewandt waren; auf ihren Knien wie ein Kind die Thermosflasche mit dem Kaffee. Johanna: klein, mager, eckig fast; Schrunden in der Stirn, um den Mund. Als sei sie verletzt oder wolle beißen. Müdigkeit vielleicht; zu viel immer anderes in zu schnellen Jahren. Sie saß da und glich dem Messer, mit dem sie gerade eben eine Wurst zerschnitt.

Horst, ihr ähnlich, hatte ein kantiges Gesicht mit einem Kinn, das siegen wollte; Haare wie Gebüsche; einen üppigen Schnurrbart. Ich stand auf (das Sehen machte mich ruhig) und schlug eine Faust mit aller Kraft über den Tisch. Traf Horst, der nach hinten geschleudert wurde und mitsamt seinem Stuhl zu Boden stürzte. Ein Krachen (der Schädel auf den Steinplatten), dann Stille. Seine Beine hingen über der Stuhlkante, wie in einem Kasperltheater, sein Kopf lag neben dem zerkauten Gummiball der Katze meiner Schwester (die vor Wochen entlaufen war), und seine Arme waren weit ausgebreitet. Die Augen zu. Er erinnerte mich an Jimmy, seine durch die Luft fliegenden Schuhe; aber der hatte weniger gekreuzigt ausgesehen. Ströme von Markstücken kullerten aus Horsts Taschen und legten sich (erschöpfte Kreisel) überall auf dem Fußboden hin.

Die beiden Frauen waren vom Tisch aufgesprungen. Johanna kniete neben ihrem Bruder (hob seinen Kopf, tätschelte die Wangen, hob die Arme und ließ sie wieder fallen). Meine Schwester hatte eine Hand auf meine Schlagfaust gelegt; die Fingerspitzen eigentlich nur. Ich spürte ihren Puls; leicht wie der eines Vogels. Während sie mich streichelte, schluchzte Johanna Tränen über Horsts Gesicht und murmelte ununterbrochen etwas in seine Ohren hinein, was ich nicht verstand; eine Litanei aus immer denselben Wörtern, die ihn ins Leben zurückholen sollten. Gleichzeitig klaubte sie, ohne hinzusehen, die verlorenen Münzen auf und legte sie in die Mulde zwischen ihren auseinandergeschobenen Knien.

Mir tat auch alles weh, die Hand, der Kopf.

Tränen jetzt auch in den Augen meiner Schwester (ihr Streicheln schneller), bis Horst seufzte, die Augen öffnete und sich aufsetzte. Die Beine vom Stuhl hob, um sitzen zu können. Da hockte er auf den Steinplatten, auferstanden, und tastete seine Knochen ab. Alles schien ganz zu sein, nur aus der Nase tropfte Blut. Johanna wischte es ihm ab, und er schob sie unwirsch von sich, weil sie ihm weh tat. Er hatte blutige Hände, als er sich wieder auf die Fliesen legte.

»Er betrügt dich doch nicht«, flüsterte Johanna und sah mit großen Augen zu mir hoch. »Er ist doch kein Dieb.«

»Du lügst«, antwortete ich ebenso leise, und als sei dies eine Erkenntnis, die alles erklärte, brüllte ich: »Du hast die ganze Zeit gelogen.«

Lange blieben wir bewegungslos so wie uns der Gott, dessen Spielleute wir waren, hingestellt hatte: ich in meine Schwester verschlungen, oder sie in mich (ihr Atem an meinem Hals), Johanna mit Horsts Kopf im Schoß, seine schwitzende Stirn mit einem rotweißkarierten Geschirrtuch abwischend, und dieser mit gespreizten Beinen und mit Händen, die wie im Gebet über seinem Bauch gefaltet waren. Eine Stille, in der das Ticken der Küchenuhr wie Peitschenknallen klang. Hie und da ein Rauschen in den Wasserrohren; zitternde Fensterscheiben, von unhörbar fernen Explosionen erschüttert.

Endlich bewegten wir uns; ganz langsam, als erwachten wir und als könne eine zu schnelle Bewegung schmerzen. Ich massierte mit meiner linken Hand die rechte und wechselte Stand- und Spielbein. Die Frauen setzten sich, Johanna mit einem hochgeschürzten prallen Rockbeutel über den weißen Oberschenkeln. Vertränt. Horst sprang plötzlich wie ein Gesunder auf, öffnete die Tür zum Schlafzimmer meiner Schwester, beugte sich über eine Tasche oder einen Koffer und kam mit meinem Leitz-Ordner zurück. Legte ihn vor mich auf den Tisch. »Zufrieden?«

Ich atmete aus, setzte mich, blätterte in den Papieren (diese Buchstaben; daß man *Buchstaben* lieben kann!) und las, wie es gewesen war, als Johanna mich zum ersten Mal küßte; dieses Lavagefühl im ganzen Leib. Traf, als ich hochsah, ihre Augen. Sie sahen mich müde an; alt geworden. Das ganze Gesicht war verzerrt, der Mund ein Schnitt durch die Haut. Ich erschrak und legte in meinem Schrecken meine Hand (die schmerzende) auf ihre. Ließ sie dort bis sie lächelte und wieder ein bißchen der Johanna aus dem Buch glich; bis ich so etwas wie Wärme in mir spürte, ein Surren wenigstens.

Aber Gefühle haben auch kein Gedächtnis. Es war zu wenig für eine Zukunft; gerade genug für einen Abschied. Ich machte mir ein Marmeladebrot und aß es, und die ganze Zeit über schwiegen wir so still, daß ich das Mahlen meiner Kiefer wie den Kampf der Gesteine im Innern der Erde hörte.

»Ich habe dein Buch heute nacht gelesen«, sagte Horst schließlich mit einer fast scheuen Stimme. »Es hat mir gut gefallen.« Er wurde rot und fügte so leise hinzu, daß ich ihn kaum verstand: »Es fängt blöd an und hört gut auf.«

»Danke«, sagte ich. »Ich werde es verbrennen. Ich habe von dem Gelüge genug. Wenn jemand etwas davon erfährt, dann von dir.«

Horst hob abwehrend die Hände (die Wundmale wie ein Schwur), und ich stand auf und ging (durch Johannas Zimmer hindurch, weil sie das beste Zimmer der Wohnung hatte) auf den Balkon. Stand auf dem kalten Sandsteinboden und sah ins Morgenlicht. Eine kühle Luft, die ich gierig atmete. Ich lehnte mich ans Geländer und klammerte die Fäuste um das Gußeisen.

Noch einmal eine Sonne wie im Paradies; ein Himmel!; die Blumen mit erneuerter Kraft; Bienen als seis Frühling. Unter mir die Stadt in morgenländischer Schönheit. Minarette beinah. Weiße Kamine, die durch Dunstschwaden stachen. Ein Flirren über dem Main als tanzte das Wasser! Ich breitete die Arme aus und wollte alles umarmen: die Glastürme der Banken (die sich spiegelnden Wolken); die Ziegel der Häuser, die die Ränder des Himmels wärmten; dem Airport zustrebende Flugzeuge (eins hinter dem andern); Autos, die so kreischten, daß ich dachte, Pferde wiehern; die Schwalben auf den Telefondrähten; die Amseln, die Sperlinge, die Tauben; überhaupt all die Vögel in dieser totgesagten Stadt (sogar Enten flogen); die Bäume, dieses kühne Grün, das zäher als der Wald war; den Fernsehturm, dessen Kanzel glühte. Ich sah das alles immer wieder an und konnte nicht genug davon kriegen. Wollte mich nie mehr bewegen (daß es bleibe wie es war), wandte mich schließlich aber doch um (aus der Küche wieder Stimmen) und sah die Plastiktüte neben dem Bett. Meine Millionen. Ich holte sie, nahm eine Dollarnote (eine einzige) und ließ sie auf die Straße hinabschaukeln. Das immer noch wuchernde Glyzinienlaub verbarg mir ihre Landung. Dann stand ich nur noch, die pralle Tüte vor dem Bauch, die gefalteten Hände darum herum. Schaute und schaute über diese gelobte Stadt. Begann nach einer Weile ein Lied zu singen, in meiner gewohnten Lage zuerst, dann höher, und schließlich so hoch, daß ich in eine Art Falsett verfiel. Ein später Schmetterling gaukelte vorbei.

Urs Widmer im Diogenes Verlag

Alois
Erzählung. Pappband

Die Amsel im Regen im Garten
Erzählung. Broschur

Das enge Land
Roman. Leinen

Indianersommer
Erzählung. Leinen

Das Normale und die Sehnsucht
Essays und Geschichten. detebe 20057

Die lange Nacht der Detektive
Eine Kriminalkomödie. detebe 20117

Die Forschungsreise
Ein Abenteuerroman. detebe 20282

Schweizer Geschichten
detebe 20392

Nepal
Ein Stück in der Basler Umgangssprache. Mit der Frankfurter Fassung von Karlheinz Braun im Anhang. detebe 20432

Die gelben Männer
Roman. detebe 20575

Vom Fenster meines Hauses aus
Prosa. detebe 20793

Züst oder Die Aufschneider
Ein Traumspiel in hoch- und schweizerdeutscher Fassung. detebe 20797

Shakespeare's Geschichten
Sämtliche Stücke von William Shakespeare nacherzählt von Walter E. Richartz und Urs Widmer. detebe 20791 + 20792

Liebesnacht
Erzählung. detebe 21171

Die gestohlene Schöpfung
Ein Märchen. detebe 21403

Außerdem liegt vor:

Das Urs Widmer Lesebuch
Herausgegeben von Thomas Bodmer. Mit einem Vorwort von H. C. Artmann und einem Nachwort von Hanns Grössel.
detebe 20783

Schweizer Autoren im Diogenes Verlag

● **Rainer Brambach**

Auch im April
Gedichte. Leinen

Kneipenlieder
Mit Frank Geerk und Tomi Ungerer. Erheblich erweiterte Neuausgabe. detebe 20615

Wirf eine Münze auf
Gedichte. Mit einem Nachwort von Hans Bender. detebe 20616

Für sechs Tassen Kaffee
Erzählungen. detebe 20530

Außerdem ist Rainer Brambach Herausgeber der Anthologie

Moderne deutsche Liebesgedichte
detebe 20777

● **Ulrich Bräker**

Leben und Schriften in 2 Bänden
Herausgegeben von Samuel Voellmy und Heinz Weder. detebe 20581–20582

● **Beat Brechbühl**

Kneuss
Roman. detebe 21416

● **Benita Cantieni**

Willt du, daß ich dich liebe
Kleine Melodramen. Leinen

● **Friedrich Dürrenmatt**

Stoffe I–III:
Der Winterkrieg in Tibet. Mondfinsternis. Der Rebell. Leinen. Auch als detebe 21155 und 21156

Achterloo
Komödie. Leinen

Minotaurus
Eine Ballade. Mit Zeichnungen des Autors
Pappband

Justiz
Roman. Leinen

Die Welt als Labyrinth
Ein Gespräch mit Franz Kreuzer. Broschur

Der Richter und sein Henker
Kriminalroman. detebe 21435

Der Verdacht
Kriminalroman. detebe 21436

Werkausgabe in 29 Bänden
Herausgegeben in Zusammenarbeit mit dem Autor. Alle Bände wurden revidiert und mit neuen Texten ergänzt

Das dramatische Werk in 17 Bänden
detebe 20831–20847

Das Prosawerk in 12 Bänden
detebe 20848–20860

Als Ergänzungsbände liegen vor:

Über Friedrich Dürrenmatt
Essays, Zeugnisse und Rezensionen. Interviews, Chronik und Bibliographie. Herausgegeben von Daniel Keel. detebe 20861

Elisabeth Brock-Sulzer
Friedrich Dürrenmatt
Stationen seines Werkes. Mit Fotos und Zeichnungen. detebe 21388

● **Konrad Farner**

Theologie des Kommunismus?
detebe 21275

● **Nicolas Gfeller**

»Du sollst…«
Eine kleine Geschichte der Ethik von Buddha bis Ernst Bloch. Diogenes Evergreens

● **Jeremias Gotthelf**

Ausgewählte Werke in 12 Bänden
Herausgegeben von Walter Muschg
detebe 20561–20572

Der Bauernspiegel
Herausgegeben und mit einem Nachwort von Walter Muschg. detebe 21407

Als Ergänzungsband liegt vor:

Gottfried Keller über Jeremias Gotthelf
Mit einem Nachwort von Heinz Weder. Chronik und Bibliographie. detebe 20573

● Gottfried Keller
Zürcher Ausgabe
Gesammelte Werke in 8 Bänden
Herausgegeben von Gustav Steiner
detebe 20521–20528

Als Ergänzungsband liegt vor:

Über Gottfried Keller
Sein Leben in Selbstzeugnissen und Zeugnissen von C. F. Meyer bis Theodor Storm. Chronik und Bibliographie. Herausgegeben von Paul Rilla. detebe 20535

● Hugo Loetscher
Der Waschküchenschlüssel
Broschur

Der Immune
Roman. Leinen

Wunderwelt
Eine brasilianische Begegnung. detebe 21040

Herbst in der Großen Orange
detebe 21172

Noah
Roman einer Konjunktur. detebe 21206

Das Hugo Loetscher Lesebuch
Herausgegeben von Georg Sütterlin
detebe 21207

● Mani Matter
Sudelhefte
Aufzeichnungen 1958–1971
detebe 20618

Rumpelbuch
Geschichten, Gedichte, dramatische Versuche. detebe 20961

● Niklaus Meienberg
Heimsuchungen
Ein ausschweifendes Lesebuch. detebe 21355

● Hans Neff
XAP oder Müssen Sie arbeiten? fragte der Computer
Ein fabelhafter Tatsachenroman
detebe 21052

● Emil Steinberger
Feuerabend
Mit vielen Fotos. Broschur

● Beat Sterchi
Blösch
Roman. Leinen. Auch als detebe 21341

● Walter Vogt
Husten
Erzählungen. detebe 20621

Wüthrich
Roman. detebe 20622

Melancholie
Erzählungen. detebe 20623

Der Wiesbadener Kongreß
Roman. detebe 20306

Booms Ende
Roman. detebe 20307

● Robert Walser
Der Spaziergang
Erzählungen. Nachwort von Urs Widmer.
detebe 20065

Maler, Poet und Dame
Aufsätze über Kunst und Künstler. Herausgegeben von Daniel Keel. Mit zahlreichen Dichterporträts. detebe 20794

● Urs Widmer
Alois
Erzählung. Pappband

Die Amsel im Regen im Garten
Erzählung. Broschur

Das enge Land
Roman. Leinen

Indianersommer
Erzählung. Leinen

Das Normale und die Sehnsucht
Essays und Geschichten. detebe 20057

Die lange Nacht der Detektive
Kriminalstück. detebe 20117

Die Forschungsreise
Ein Abenteuerroman. detebe 20282

Schweizer Geschichten
detebe 20392

Nepal
Ein Stück in der Basler Umgangssprache
detebe 20432

Die gelben Männer
Roman. detebe 20575

Züst oder die Aufschneider
Ein Traumspiel. detebe 20797

Vom Fenster meines Hauses aus
Prosa. detebe 20793

Liebesnacht
Erzählung. detebe 21171

Die gestohlene Schöpfung
Ein Märchen. detebe 21403

Shakespeare's Geschichten
Sämtliche Stücke von William Shakespeare nacherzählt von Walter E. Richartz und Urs Widmer. detebe 20791–20792

Das Urs Widmer Lesebuch
Herausgegeben von Thomas Bodmer
detebe 20783

● **Liebesgeschichten aus der Schweiz**
Von Jeremias Gotthelf bis Max Frisch. Herausgegeben von Christian Strich und Tobias Inderbitzin. detebe 21124

Urs Widmer · Die gestohlene Schöpfung

Die gestohlene Schöpfung, selbst eine Schöpfung, ist modernes Märchen, Actionstory und ›realistische‹ Geschichte zugleich; und eine Geschichte schließlich, die glücklich endet.

»Widmers bisher bestes Buch.«
Frankfurter Allgemeine Zeitung

»Dieses Buch, das so schlicht anfängt, gewinnt von Seite zu Seite neue Schichten hinzu, und am Ende wird selbst dem mißmutigsten Leser klar, daß auch das kreativste Computerverbrechen ein feuchter Kehricht ist gegen das, was Urs Widmer daraus macht: eine Dichtung.«
Herbert Wiesner

»So kunstreich und zugleich leichthändig, anstrengungslos wirkend, weil ohne einen beispielsweise bei Peter Handke zuletzt penetranten Bedeutungswillen, hat Urs Widmer sein Buch geschrieben. Im übrigen habe ich, Umberto Ecos Superschmöker *Der Name der Rose* ausgenommen, in jüngster Zeit keine amüsanter, spannender und liebenswerter erzählte Geschichte gelesen.«
Peter von Becker

»Widmer demonstriert eine Möglichkeit gegenwärtiger Literatur, vertrackt und – fast – perfekt.« *Die Zeit, Hamburg*

»›Märchen‹ und Abenteuerroman, reich an wunderbaren Zufällen und ebenso wunderbaren Lösungen, phantastisch vor dem Hintergrund gegenwärtiger Realitäten.«
Die Weltwoche, Zürich

ISBN 3-257-**21403**-0 [9.80]